Virginia Doyle ⸎ Die Burg der Geier ⸎

Ein historischer Kriminalroman

Rowohlt Taschenbuch Verlag

Originalausgabe
Veröffentlicht im Rowohlt Taschenbuch Verlag GmbH,
Reinbek bei Hamburg, Juli 2000
Copyright © 2000 by Rowohlt Taschenbuch Verlag GmbH,
Reinbek bei Hamburg
Redaktion Peter M. Hetzel
Umschlaggestaltung: Notburga Stelzer
Illustration: Jürgen Mick
Satz: Adobe Garamond PostScript, PageOne
Gesamtherstellung: Clausen & Bosse, Leck
Printed in Germany
ISBN 3 499 22809 2

Die Schreibweise entspricht den Regeln der neuen Rechtschreibung.

Inhalt

1. APOKALYPSE   9

2. DAS BETRUNKENE SCHWEIN   13

3. GLÜCK IM UNGLÜCK   21

4. EILE MIT WEILE   31

5. UNVERHOFFT KOMMT OFT   39

6. AUF UND DAVON   46

7. ERFAHRUNG LEHRT MISSTRAUEN   52

8. HEIMWÄRTS   59

9. VERRÜCKT NACH SAUERKRAUT   66

10. IM ZWIELICHT   75

11. BURG ROTTENSTEIN   82

12. HENKERSMAHLZEIT   88

13. ELSÄSSISCHES ROULETTE   95

14. IN DER FALLE   103

15. ANGST UND SCHRECKEN   110

16. BETTGEFLÜSTER   116

17. KEIN ENTRINNEN   123

18. IM NETZ DES BÖSEN   138

19. NAPOLEONS KOPF   148

20. DIABOLUS EX MACHINA   156

Das Kochbuch des
Jacques Pistoux   169

ÜBER DIE AUTORIN   190

«Wir faren inn schluraffenlandt
Und gstecken doch in muor und sandt
Nit meyn uns narren syn alleyn
Wir hant noch brueder groß und kleyn
Inn allen landen über al
on end ist unser narren zal»

(Sebastian Brant «Das Narrenschiff»)

✎⟶ **I** ⟵ *A*POKALYPSE   Der Wanderer wurde in der Ebene vom Gewitter überrascht. Den ganzen Tag lang war er durch Wälder und Auen marschiert, hatte endlos sich dahinziehende Wiesen durchquert. Der Herbst hatte begonnen, aber es war seit Tagen ungewöhnlich warm gewesen.

Hier und da hatte er einen Apfel oder eine Birne von einem Baum gepflückt, hatte einmal frisch gemolkene Milch von einer Magd bekommen und bei einem Schafshirten ein Stück Käse. Nun wanderte er durch weniger besiedeltes Gebiet, hatte die sumpfigen Wälder in der Nähe des Rheins hinter sich gelassen.

Seit zwei Stunden hatten sich die schwarzen Wolken in der breiten Ebene zwischen den Gebirgen zusammengezogen. Und seit zwei Stunden hatte er keine Menschenseele mehr getroffen. Wo waren die Dörfer geblieben, die Höfe, die frei stehenden Scheunen und Hütten? Der Mann blieb stehen. Noch war der Weg unter seinen Stiefeln staubig, aber die Luft roch schon nach Regen. Das ferne Donnergrollen näherte sich. Die ersten Blitze zuckten über den Himmel. Ein leichter Luftzug war aufgekommen und trocknete sein schweißüberströmtes Gesicht.

Die Luft war trocken und seine Kehle rau. Er stellte seinen Tornister ab und griff nach der Wasserflasche, die an seiner Koppel hing. Er trank den letzten noch verbliebenen Schluck, sah auf seinen Tornister und schüttelte den Kopf. Ich sehe aus wie ein Soldat ohne Truppe, dachte er, vielleicht sogar wie ein Deserteur. Er blickte wieder in den Himmel und lächelte versonnen. Die Wolken da oben würden ihn bestenfalls für einen Zinnsoldaten halten. Aber um als Soldat durchzugehen, hätte er eine andere Kopfbedeckung benötigt, nicht diesen breitkrempigen Wanderhut. Er war zum Glück nur Zivilist. Seine Kleider hatte er in Heidelberg bei einem jüdischen Trödler erstanden. Nun trug er das, was vom letzten Krieg übrig geblieben war, eine preußische Uniformjacke und eine französische Hose. Stiefel unbekannter Herkunft, der Hut, die Koppel und der Tornister komplettierten seine Ausrüstung. Mehr als das, was er am Körper trug, besaß er nicht.

Der Mann war groß und schlank, hatte dunkles Haar und einen tiefschwarzen Schnurrbart. Man sah ihm an, dass er aus dem Süden stammte, sein Gesicht war stark gebräunt. Jacques Pistoux. Er war in Nizza geboren, als die Stadt noch zu Italien gehört hatte, aber er war Franzose. Wenn er nicht gerade auf Wanderschaft war, verdiente er seinen Lebensunterhalt als Koch. Er hatte in Restaurants in Paris gearbeitet, im Landhaus eines englischen Lords, in einem Luxushotel in London, auf einem Kreuzfahrtdampfer auf dem Mittelmeer, hatte für die Mafia in Sizilien gekocht, für einen adeligen Freigeist, der in einem Wiener Gefängnis einsaß, und nun war er auf dem Weg zurück in sein Heimatland.

Eigentlich hatte er in Heidelberg auf seinen Freund Jakob von Mühlhausen gewartet. Doch der Baron war nicht gekommen. Nur einen Brief hatte er geschickt, in dem er mitteilte, dass er dringend, und ohne den geplanten Abstecher in die Stadt am Neckar, ins heimatliche Elsass reisen musste. Ob sein Freund ihn dort treffen wolle, hatte er gefragt, aber leider vergessen, etwas Geld beizulegen. Und so war Pistoux gezwungen, seine Reise auf Schusters Rappen fortzusetzen.

Die ersten Regentropfen fielen in den Staub zu seinen Füßen. Die schwarzen Wolken bedeckten den gesamten Himmel. Blitze zuckten jetzt direkt über ihm. Das Donnergrollen hatte sich in lautes Krachen verwandelt. Es klang, als würde dort oben jemand den Krieg fortführen, den die Menschen hier unten nicht zu Ende gebracht hatten.

Der Regen fiel dichter. Vergeblich sah Pistoux sich nach einem trockenen Platz um. Es standen nur vereinzelte Bäume in der Ebene. Unter einem von ihnen würde er vielleicht nicht so schnell nass, aber womöglich vom Blitz erschlagen werden. Die dicken Tropfen wirbelten den Staub auf, prasselten dichter, und schon war kein Staub mehr da. Wie kleine Hiebe spürte Pistoux jeden einzelnen Tropfen, der seine Schulter traf. Er knöpfte sich den Uniformrock zu, zog sich den Hut tief ins Gesicht und ging trotzig weiter.

Nach einer Weile, als er merkte, wie seine Jacke aufweichte und das Wasser durch seinen Kragen den Rücken hinunterlief, glaubte er, hinter sich Geräusche zu hören. Er blieb stehen und wandte sich um. Der tiefschwarze Himmel hatte die Landschaft in ein finsteres Zwielicht getaucht. Über den Feldweg, dessen Schlaglöcher jetzt zu tiefen Pfützen geworden waren, näherte sich in rasendem Tempo eine Kutsche. Zwischen den ohrenbetäubenden Donnerschlägen konnte Pistoux das Knallen der Peitsche hören, die anfeuernden Rufe des Kutschers und das Dröhnen der Pferdehufe. Es war ein gespenstisches Bild, wie die schwankende Kutsche sich in halsbrecherischem Tempo näherte, begleitet von grell zuckenden Blitzen, manchmal nur auf zwei Rädern balancierend, weil die von den Kanonenschlägen des Himmels aufgeschreckten Pferde auszubrechen drohten.

Pistoux hob die Arme und winkte. Er rief, schrie, brüllte. Aber der Himmel öffnete jetzt alle Schleusen. Ihm kam es so vor, als wollte er ihn mit dem Gewicht seiner Wassermassen zu Boden drücken. Noch nie in seinem Leben hatte Pistoux einen solchen Wolkenbruch erlebt.

Konnte ihn der Kutscher überhaupt sehen? Pistoux trat in die Mitte des Weges und winkte noch heftiger. Er schwenkte den Hut. Was für einen Unterschied machte es jetzt schon, wenn auch noch sein Kopf nass wurde?

Die Kutsche verlangsamte ihr Tempo nicht. Es schien sogar, als würde sie an Fahrt gewinnen. Pistoux sah den Kutscher, der wild auf die Pferde einhieb. Hatte er ihn immer noch nicht gesehen? Wollte er nicht anhalten? Pistoux' Mut sank. Jetzt hörte er das Schreien des Kutschers, das Wiehern der Pferde zwischen dem Prasseln des Regens und dem wütenden Lärm des Unwetters.

Jetzt waren sie dicht vor ihm, hielten direkt auf ihn zu. Pistoux starrte gebannt auf die Pferde, das heftig schwankende Gefährt, den Kutscher, der wie ein Berserker auf seinem Kutschbock wütete, um sein Gefährt in der Spur zu halten. Jetzt erkannte Pistoux, dass es nicht darum ging, ob der Kutscher anhalten wollte oder nicht. Er konnte nicht. Nur mit äußerster Mühe gelang es ihm, die wild gewordenen Pferde vor dem Ausbrechen zu bewahren. Mit aller Macht stemmte sich der arme Mann der entfesselten Kraft der Tiere entgegen. Jeden Moment konnte es geschehen, jeden Augenblick konnte ein heftiger Ruck die Kutsche aus der Bahn werfen und umstoßen.

Pistoux schien wie gelähmt angesichts dieses Schauspiels. Er war derart fasziniert vom Anblick dieses apokalyptischen Kampfes zwischen Mensch und Tier und den entfesselten Elementen, dass er ganz vergaß, in welcher Gefahr er sich befand. Die Kutsche hielt direkt auf ihn zu. Er sah den Schaum vor den Mäulern der Tiere, glaubte das Schnaufen zu hören, den heißen Atem der Nüstern zu spüren, roch den Schweiß der überhitzten Tiere, sah den entsetzten Blick des Kutschers, der jetzt erst den Mann am Wegesrand bemerkte, und sprang im letzten Moment beiseite.

Schmutz und Wasser spritzten ihm ins Gesicht, ein Blitz bohrte sich direkt neben ihm senkrecht in die Erde, ein ohrenbetäubender Donnerschlag ertönte, er stolperte erschrocken zurück, verlor beinahe das Gleichgewicht, fing sich im letzten Moment und blickte kopfschüttelnd der Kutsche nach, die sich, ohne das Tempo zu verringern, schlingernd entfernte. Nach und nach verschwand sie hinter dem dichten Regenvorhang wie eine unwirkliche Erscheinung.

Pistoux setzte seinen Weg fort. Er war nun bis auf die Knochen durchnässt und trug keine trockene Faser mehr am Leib. Ihn fröstelte.

Er musste unbedingt eine Herberge finden. Ein warmes Kaminfeuer, eine wärmende Suppe, Brot und Wein.

Entschlossen ging er weiter. Er ignorierte den Regen, beachtete die Blitze nicht und ließ sich vom Donnergrollen nicht mehr beeindrucken.

Pistoux lächelte verbissen. Immerhin hatte er wenigstens festen Boden unter den Füßen.

꒰ **2** ꒱ *D*AS BETRUNKENE *S*CHWEIN   Als die Wolken sich lockerten, der Regen aufhörte und die Natur, vom Unwetter erschöpft, innehielt und schwieg, versank die Sonne wie ein blutroter Feuerball im Osten hinter dem Horizont. Ein leichter Wind wehte. Pistoux fröstelte. Heute Nacht würde es nach diesem Gewitter zweifellos kühl werden. Seine Kleider waren so durchnässt, als wäre er gerade aus einem See gestiegen. Um ihn herum tropfte es von Bäumen und Sträuchern, Wiesen waren überflutet, das Wasser stand hoch in tiefen Pfützen, der Weg war schlammig, teilweise von breiten Rinnsalen durchzogen.

Er brauchte ein Dach über dem Kopf. Es war dringend nötig, seine Kleider zu trocknen. Von Essen ganz zu schweigen.

Vor sich am Rand einer Weide, vor einem kleinen Wäldchen, entdeckte er eine Hütte. Als er sich dem aus rohem Holz gezimmerten Gebäude näherte, merkte er, dass es nur eine Scheune war. Sicherlich würde sie zu einem Hof gehören. Irgendwo in der Nähe mussten Menschen wohnen, weit konnte es nicht mehr sein. Aber es wurde dunkel, und die Gefahr, sich in dieser unwegsamen Gegend bei Dunkelheit zu verirren, war groß.

Er ging auf die Scheune zu. Seine Stiefel sanken tief in den aufgeweichten Boden der morastigen Wiese ein. Er sehnte sich nach trockenem Stroh und Schlaf.

Es war nicht mehr als ein Schuppen. Schief gezimmert, aus rohen Brettern ungeschickt zusammengenagelt, hatte sich das Gebäude im Laufe der Zeit noch weiter zur Seite geneigt. Das Tor stand offen, weil es nicht mehr zu verschließen war. Bevor Pistoux eintrat, schöpfte er mit den Händen etwas Wasser aus einem vor dem Gebäude stehenden Holzfass, um den Durst zu löschen. Dann trat er ein.

Zwischen Heuhaufen und Strohballen stand ein aufgebockter Leiterwagen, dem ein Rad und die Deichsel fehlte. Weiter hinten waren drei Ställe abgeteilt. Er hörte ein Schnaufen. Zögernd trat er zu den Ställen. Im mittleren entdeckte er ein Schwein. Es sah ihn aus seinen kleinen Augen an, scharrte mit den Hufen, grunzte und wich zurück. In einer Ecke des Stalls stand ein Bottich mit fauligen Kartoffeln und alten Kohlköpfen.

«Keine Angst», sagte Pistoux. «Ich werde dich nicht fressen.»

Er warf seinen Tornister in eine Ecke und zog mühsam die nassen, am Körper klebenden Kleider aus. Nun wurde ihm plötzlich sehr kalt. Er zitterte. An einem Pfosten in der Mitte des Raums hing eine alte schmutzige Decke. Er nahm sie und hüllte sich darin ein. Dann bereitete er sich in einer Ecke ein Lager aus Heu und Stroh. Ihm wurde immer kälter.

Er zitterte am ganzen Körper, als er es endlich geschafft hatte, sich in die Decke gehüllt tief ins Heu zu vergraben. Das Schwein grunzte. Er hörte, wie es sich über sein Fressen im Trog hermachte. Dieses Schwein schmatzt wie ein Mensch, dachte er und spürte, dass ihm nun auch noch zu allem Überfluss der Magen knurrte. Faule Kartoffeln, welke Kohlblätter? Er verzog angewidert das Gesicht. Außerdem war es inzwischen zu dunkel geworden, um ein Essen zuzubereiten. Und woher hätte er auch das nötige Feuer nehmen sollen?

Ein Kälteschauer durchzuckte ihn. Er grub sich noch tiefer in sein Lager ein. Nach einer Weile wurde ihm heiß. Ein Fieberanfall. Er würde ihn überstehen. Es war ja nicht das erste Mal, dass er irgendwo im Schmutz lag und überleben wollte. Er erinnerte sich noch sehr genau daran, wie es damals, vor zehn Jahren gewesen war, als er mit seinem Freund Auguste Escoffier in den Krieg gezogen war. Es hatte verheißungsvoll begonnen. Ein Offizier hatte Auguste aus seinem Restaurant in Paris, dem Petit Moulin Rouge, «rekrutiert» und ihn zum Küchenchef für das Generalstabskasino ernannt. Pistoux war seinem Freund als rechte Hand nach Metz gefolgt und dann mit in den Krieg gezogen.

Als das Fiasko der französischen Armee sich abzuzeichnen begann, hatten sie selbst auf die Jagd gehen müssen, um Fleisch zu besorgen. Während der Belagerung von Metz hatten sie mit Pferdefleisch gekocht, waren von den Deutschen ausgehungert worden und dann in Gefangenschaft geraten. Sie hatten Glück im Unglück. Während die einfachen Soldaten bei Wasser und Brot gehalten wurden, verfrachtete man die französischen Offiziere nach Wiesbaden, wo sie in Saus und Braus lebten. Escoffier und Pistoux kamen mit. Die deutschen Generäle ließen es ihren französischen Kollegen an nichts mangeln. Selbst die seltensten Zutaten wurden besorgt, damit Escoffier und Pistoux prächtige Speisenfolgen auf die üppig gedeckten Tafeln bringen konnten.

Pistoux war über seine Erinnerungen in einen unruhigen Halbschlaf gesunken. Er träumte von *Seezunge in Champagner, gebratenen Ammern und Caneton braisé à l'orange*, Gerichte, die sie damals in deutscher Gefangenschaft den französischen Offizieren serviert hatten. Er stöhnte, mal vor Wohlbehagen, wenn er sich den Geschmack der Saucen auf der Zunge vorstellte, mal weil er schwitzte, wenn ein Fieberanfall ihn durchwogte.

Das Schwein grunzte und scharrte in seinem Stall, lief hin und her. Bald klang es so, als hätte es seine Koppel verlassen und würde in der Scheune herumirren. Pistoux hatte keine Kraft mehr, sich darum zu kümmern. Fiebrige Träume drückten ihn nieder.

Irgendwann hatte er das Gefühl, das Schwein saß neben ihm. Es schnaufte laut und unregelmäßig. Oder war das sein eigener Atem? Nein, es schnaufte neben ihm. Merkwürdig, dachte er, was will dieses Schwein von mir?

Jetzt stieß es ihn an und brummte. Fast wie ein Mensch. Wieder stieß es ihn an. Mit der Schnauze? Pistoux spürte, wie etwas nach ihm fasste und seinen Arm schüttelte. Er wollte die Augen nicht öffnen. Es war dunkel, er würde nichts sehen. Allmählich war er verärgert. Er wollte nicht, dass jemand sein Nachtlager durcheinander brachte. Er wollte nicht wieder frieren müssen, nur weil ein Schwein Heu und Stroh beiseite schob. Konnte es nicht woanders herumschnüffeln? Dann begann das Schwein mit ihm zu sprechen. Nun war er doch erstaunt, denn das Schwein sprach französisch. War es nicht ein deutsches Schwein? Seltsam.

«Wachen Sie doch auf, bitte!», sagte das Schwein.

Noch immer konnte Pistoux sich nicht entschließen, die Augen zu öffnen. Sicherlich träumte er nur. Sprechende

Schweine gab es gar nicht. Warum sollte er also die Augen öffnen?

«Ich bitte Sie, Monsieur, helfen Sie mir!»

Jetzt wurde heftig an seinem Arm gezogen.

«Lass mich in Ruhe», sagte Pistoux unwirsch.

«Sie sind ein Landsmann», hörte er nur. «Sie müssen mir helfen.»

«Ich will nicht», sagte Pistoux, «ich bin krank.»

Nun machte sich das Schwein an seinem Tornister zu schaffen. Dabei schnaufte es furchtbar laut und röchelte hässlich.

Pistoux war sehr böse auf das Schwein. Es benahm sich wirklich rücksichtslos.

Plötzlich war es wieder dicht neben ihm. Er spürte den Atem, hörte das Röcheln direkt neben seinem Ohr. Das war nun doch zu viel. Er befreite seinen linken Arm vom Heu und schlug nach dem Tier.

«Hör auf!», sagte er.

Das Schwein stöhnte laut auf, fiel zur Seite und kam dann wieder näher. Pistoux roch jetzt seinen Atem. Das Schwein hatte Alkohol getrunken.

Plötzlich ließ das Tier von ihm ab. Es stöhnte nochmal, röchelte und rollte dann zur Seite. Das Schnaufen wurde leiser. Pistoux versank in einen tiefen traumlosen Schlaf.

Als er am nächsten Morgen die Augen aufschlug, bemerkte er zuerst die Sonnenstrahlen, die durch das löchrige Dach ins Innere der Scheune drangen, und dann den Toten, der ihm gegenüber vor der Tür zum Schweinestall saß, den Kopf zur Seite gelehnt, die Augen weit aufgerissen, den Unterkiefer nach unten geklappt. Ein Mann, etwa so alt wie er selbst, in einen Umhang gehüllt. Ein dünner Kerl mit einem blassen, schmalen Gesicht.

Pistoux richtete sich erschrocken auf.

«He! Sie!», sagte er.

Der Mann regte sich nicht.

Pistoux sprang auf und lief zu ihm hin. Rüttelte ihn an der Schulter. Der Mann fiel zur Seite und blieb liegen. Neben ihm glänzte etwas Goldenes. Pistoux klaubte es auf. Es war ein Messingknopf mit einer Prägung, die zwei überkreuzte Dolche zeigte. Unwillkürlich suchte Pistoux nach dem Ursprung des Knopfes. Der Umhang des Mannes hatte keine Knöpfe. Darunter, das sah man jetzt, trug er eine Weste mit Perlmuttknöpfen. Pistoux prüfte die Messingknöpfe seiner eigenen Jacke. Sie waren noch alle da.

«Mausetot», hörte er plötzlich eine Stimme.

Pistoux wirbelte herum.

«Was?» Ohne nachzudenken, schob er den Knopf in die Jackentasche.

Im geöffneten Scheunentor stand ein Bauer mit einer Sense in der Hand. Er hatte einen ungepflegten Vollbart, lange, zottelige Haare und eine unförmige Mütze auf dem Kopf.

«Wer sind Sie?», fragte Pistoux erschrocken.

Der Bauer hob den Arm und begann mit einem Wetzstein die Sense zu schärfen.

«Bin schon eine Weile hier», sagte er, während er die Sense schliff. «Hab mich gewundert. Zwei Leute in meiner Scheune. Einer schnarcht, einer ist tot.»

«Ich ... ich ...», stotterte Pistoux.

Dann hielt er inne, denn er hatte bemerkt, dass er überhaupt nichts anhatte. Er blickte sich suchend um.

«Deine Klamotten hängen draußen in der Sonne», sagte der Bauer.

«Draußen?»

«Müssten eigentlich trocken sein. Es ist schon fast Mittag.»

«Mittag?»

«Bin schon früh hergekommen. Hab euch beide entdeckt.

18

Wusste nicht, was passiert ist. Hab also nichts gemacht. Tot ist tot, und du sahst krank aus.»

«Ich ... danke.»

«Zieh dich erst mal an», sagte der Bauer.

Pistoux trat aus der Scheune ins Sonnenlicht. Trotz des gestrigen Gewitters war es wieder warm. Seine Kleider hingen an einem Seil, das der Bauer aufgespannt hatte. Er nahm Hemd, Hose und Jacke herunter und zog sich an.

Der Bauer kam aus der Scheune und probierte, ob seine Sense scharf genug war. Dann stellte er sie beiseite und holte eine Pfeife aus der Hosentasche. Er setzte sich auf einen Stein und sah Pistoux dabei zu, wie er seine Stiefel anzog. Das Leder war noch feucht, aber da konnte man nichts machen.

Der Bauer stopfte seine Pfeife und zündete sie an.

«Ich bin der Bauer Florian», sagte er und deutete mit dem Daumen hinter sich. «Mein Hof ist dahinten.»

«Ich heiße Jacques», sagte Pistoux und setzte sich auf einen zweiten Stein.

«Franzose?»

Pistoux nickte.

«Ich hab nichts gegen die Franzosen», sagte Florian und paffte an seiner Pfeife.

Pistoux schwieg.

«Auf der Durchreise?», fragte Florian.

«Ja.»

«Hm.»

Florian deutete mit der Pfeife auf die Scheune: «Wer ist das da drin?»

«Ich weiß nicht.»

«Hm.»

«Er war gestern Abend, als ich einschlief, noch nicht da.»

«Du hast geschlafen, als er kam, und bist eben erst aufgewacht?»

«Ja.»

«Hm, wer hat ihn dann umgebracht, wenn du's nicht warst?»

«Umgebracht?»

«Messerstich.»

«Aber ...» Pistoux erinnerte sich undeutlich an die letzte Nacht. Was hatte er geträumt?

«Hab das Messer hier draußen vor der Scheune gefunden», sagte Florian und paffte seelenruhig an seiner Pfeife.

«Das Messer?»

«Hab's erst mal versteckt. Man weiß ja nie.»

«Ich hab ihn nicht ... erstochen?», sagte Pistoux.

«Hm. Wenn das so ist, werden wir wahrscheinlich nie erfahren, wer er war.»

«Ein Franzose», sagte Pistoux plötzlich.

«Ich weiß, dass er mit mir geredet hat. Ich dachte, es wäre ein Traum ... das Schwein ... ich habe geträumt, das Schwein spricht französisch ...» Pistoux hielt inne und sah den Bauern verwirrt an.

«Hm», machte der nur.

«Er muss es gewesen sein. Er kroch neben mich und redete mit mir. Aber ich hatte Fieber ... habe kaum etwas davon mitbekommen.»

«Mir genügt, dass du ihn nicht kennst», sagte Florian.

Eine Weile schwiegen sie. Der Bauer rauchte seine Pfeife zu Ende und klopfte sie am Stein aus.

«Was sollen wir mit ihm tun?», fragte Pistoux.

«Wir wissen nicht, wo er herkommt und wo er hinwollte», sagte Florian. «Also werden wir ihn begraben und niemandem etwas davon erzählen.»

«Aber was ist, wenn jemand nach ihm fragt?»

«Niemand hier interessiert sich für einen Fremden. Erst recht nicht, wenn er Franzose ist.»

Pistoux war verwirrt.

«Ich bin auch Franzose», sagte er.

Florian zuckte mit den Schultern: «Wie gesagt, ich habe nichts gegen Franzosen. Aber alle anderen schon.»

Pistoux schwieg. Der Bauer stopfte sich wieder seine Pfeife. Nachdem er sie erneut angezündet hatte, deutete er auf den Wald: «Da ist eine kleine Ulme. Dort graben wir ein Grab. Einen besseren Platz würde er auch in Frankreich nicht finden.»

Florian stand auf. «Hilfst du mir?»

Pistoux nickte.

Florian gab ihm einen Spaten und nahm selbst eine Hacke. Sie gingen zum Rand des kleinen Wäldchens. Vor der kleinen Ulme blieben sie stehen.

Wenn ich ihn getötet hätte, dachte Pistoux, wäre es diesem Bauern egal. Es ging ihn nichts an. Wenn er ihn getötet hätte, müsste es deshalb mir egal sein, denn es ginge mich nichts an. Ganz einfach.

Er stieß den Spaten in die weiche Erde. Florian begann den Boden aufzuhacken. Wenn die Leiche erst mal unter der Erde liegt, geht es uns nichts mehr an, überlegte Pistoux weiter. Tot und begraben.

Der Gedanke behagte ihm überhaupt nicht.

⌁ 3 ⌁ GLÜCK IM UNGLÜCK Nachdem sie das Grab zugeschaufelt hatten, standen sie einen kurzen Moment schweigend davor. Dann brachten sie Hacke und Spaten in die Scheune zurück. Ab und zu musste Pistoux sich schnäuzen. Er hatte Schnupfen. Das Fieber schien vorüber zu sein.

«Hast du Hunger?», fragte Bauer Florian.

«Ja.»

«Komm mit.»

Pistoux holte seinen Tornister und folgte dem wortkargen Mann über einen schmalen Pfad. Sie gingen am Ufer eines plätschernden Baches entlang, durch ein Birkenwäldchen und erreichten einen kleinen Hof aus Fachwerk. Wohnhaus, Scheune und Stall standen im rechten Winkel zueinander. Vor dem Stall türmte sich ein Misthaufen. Im Hof suhlten sich einige Schweine im Dreck. Zwischen ihnen tollten Kinder umher, die nicht viel sauberer aussahen als die Tiere.

Florian führte Pistoux in eine kleine niedrige Küche. Vor dem steinernen Herd, der eine erstickende Hitze verbreitete, stand eine mürrische hagere Frau und rührte in einem Topf.

Sie aßen eine *Brotsuppe*, in der einige Stücke fetter Speck herumschwammen. Dazu gab es dunkles Brot, das süß schmeckte. Pistoux hatte selten ein so karges Mahl zu sich genommen. Aber sein Hunger war so groß, dass er es mit Freude verzehrte.

Als die Männer fertig waren, standen sie auf und die Frau rief die Kinder herein.

Pistoux und Florian verabschiedeten sich im Hof.

«Ich muss weiter», sagte Pistoux.

«Hm.»

«Danke für das Essen.»

«Hm.»

«Und ...» Pistoux zögerte. Sollte er noch etwas zu dem Unglücklichen sagen, den sie verscharrt hatten?

«Wir haben uns nie gesehen», sagte der Bauer. «Hier.»

Er hielt ihm zwei Äpfel und ein Stück Brot hin.

«Danke.»

Sie gaben sich die Hand.

Pistoux ging zwischen den Schweinen hindurch, am Zaun des Hühnerhofs entlang und bog beim Gemüsegarten um die Ecke auf den Weg, der nach Westen führte.

Es wurde nicht ganz so warm wie am Vortag. Wieder

durchquerte er Wiesen und kleine Wälder und kam hin und wieder an einem einsam liegenden Gehöft vorbei.

Wenn ich erst den Rhein erreicht habe, dachte er, bin ich so gut wie zu Hause.

Es wurde Abend und der Rhein war noch nicht in Sicht. Er aß das Brot und den letzten Apfel. Direkt vor ihm versank die Sonne hinter dem Horizont. Er fröstelte ein wenig und merkte, dass das Fieber ihm noch in den Knochen steckte.

Die ganze Zeit schon hatte er sich umgesehen, um einen Platz für die Nacht zu finden. Aber jedes Mal, wenn er an einer Scheune oder Hütte vorbeigekommen war, hatte er sich entschlossen, noch ein Stück weiterzugehen.

Irgendwann, als es schon recht dunkel geworden war, fragte er sich, ob es vielleicht daran lag, dass er möglichst viel Raum zwischen sich und dem unbekannten Toten bringen wollte, der an seinem Nachtlager verstorben war.

Dann sah er den Fluss. Er trat aus einem sumpfigen Wäldchen auf eine Wiese, und vor ihm strömte der breite schwarz glänzende Strom träge vorbei.

Er hatte es geschafft.

In der Mitte des Flusses erkannte er die Umrisse einer Insel. Rechts von ihm, flussabwärts, war nichts zu erkennen außer den Schatten von Baumwipfeln. Links glaubte er ein Licht flackern zu sehen. Und war das dort auf dem Fluss nicht ein Boot, das den breiten Strom überquerte? Eine Fähre hinüber nach Frankreich?

Aber, dachte Pistoux verbittert, lag dort wirklich schon Frankreich? Seit dem letzten Krieg gehörte auch das Land auf der anderen Seite des Rheins zu Deutschland. Über zweihundert Jahre lang hatten die Franzosen unter wechselnden Regierungen über das Elsass geherrscht, und nun befand sich das Gebiet zwischen Rhein und Vogesen und sogar das dahinter liegende Lothringen wieder unter deutscher Herrschaft. Er hatte gehört, die Elsässer seien ohnehin eher Deutsche als Franzosen, weshalb sie den Wechsel vielleicht gar nicht als so schlimm empfanden wie seine übrigen Landsleute. Aber Pistoux wusste, dass die Elsässer während und nach der großen Revolution glühende Revolutionäre gewesen waren. Und nun herrschte wieder ein autoritärer Kaiser über sie. Ob ihnen das wohl behagte?

Über diese Fragen nachgrübelnd und mit einem wachsenden Hungergefühl im Magen näherte er sich dem Haus, dessen Lichtschein er gesehen hatte.

Er hatte Glück, es war ein Wirtshaus. Ein zweistöckiges breites Fachwerkhaus mit einem Nebengebäude, in dem die Stallungen untergebracht waren. «Zum Goldenen Anker» hieß es auf dem Schild über dem Eingang. Vor dem Nebengebäude stand eine aufgebockte Kutsche, der die beiden hinteren Räder fehlten.

Pistoux griff nach der unförmigen, schmiedeeisernen Klinke, drückte sie mit Mühe herunter und schob die Tür auf.

Der Gastraum war niedrig. Die quer verlaufenden Balken unter der Decke verstärkten den Eindruck. Unwillkürlich beugte Pistoux sich nach vorn, weil er befürchtete, mit dem Kopf an einen Balken zu stoßen. Auf roh gezimmerte Dielen standen schwere Holztische mit Stühlen, die von Schreinermeistern aus allen Himmelsrichtungen angefertigt worden sein mussten: Keiner ähnelte dem anderen. Auf den Tischen standen Öllampen, auf an den Wänden befestigten Lüstern hatte man Kerzen gesteckt. Es war warm und rauchig, obwohl einige der kleinen Fenster mit den Butzenscheiben geöffnet worden waren. Weiter hinten wurde der Raum durch einen wuchtigen Tresen geteilt, hinter dem man Einblick in die Küche hatte, in der jetzt aber niemand mehr beschäftigt war. Sie lag im Dunkeln.

Hinter dem Tresen stand ein dicker, sehr großer Wirt mit

Schweinsaugen und Doppelkinn. Er trug eine schmutzige Schürze und eine Art Zipfelmütze auf dem Kopf. Er war unrasiert und sog an einer offenbar schon kalt gewordenen langen, gebogenen Pfeife. Zwischen den Tischen ging eine kräftig gebaute, untersetzte Frau hin und her, die Wirtin. Sie trug eine bäuerliche Tracht und eine schmutzige weiße Haube auf dem Kopf.

Nur zwei Tische waren besetzt. An einem großen runden saßen drei Männer, die offenbar eher der Dienerschaft zuzurechnen waren. Sie hatten sich die Ärmel hochgekrempelt, trugen keine Stiefel und schienen entweder müde oder betrunken zu sein. An einem Tisch auf der anderen Seite des Raums blickte ein dicker Glatzkopf mit einer umgebundenen Serviette neugierig zur Tür und musterte den Hereintretenden unverhohlen. Neben ihm saßen ein blasser, dünner junger Mann, ein kräftiger Blonder mit Backenbart und ein schwarzhaariger Finsterling mit in die Stirn gekämmten Haaren und gezwirbeltem Schnurrbart. Auf ihrem Tisch stand ein großer Weinkrug und vor jedem ein Zinnbecher.

Pistoux nickte allen Anwesenden stumm zu, stellte seinen Tornister auf den Boden und setzte sich an einen kleinen Tisch direkt neben dem Eingang.

Der Wirt legte seine Pfeife beiseite und kam hinter dem Tresen hervor.

Er stellte sich breitbeinig neben den Tisch seines neuen Gastes und sagte mit ausdrucksloser Miene: «Guten Abend, womit kann ich dienen?»

Pistoux kramte in seiner Hosentasche und holte ein paar Münzen hervor.

«Was bekomme ich dafür?»

Der Wirt sah die Geldstücke misstrauisch an.

«Wollen Sie übernachten?»

«Ja.»

«Einen Strohsack im Stall, Brot und Wasser.»

Pistoux kramte in der anderen Hosentasche und fand noch eine Münze.

«Einen Strohsack, Brot und Bier», sagte der Wirt.

«Gut», sagte Pistoux und lehnte sich zurück.

Er merkte, dass die Herren am Nebentisch ihn neugierig anstarrten, und nahm sich vor, sie zu ignorieren. Armut war keine Schande, schon gar nicht in diesen schwierigen Zeiten.

Der Wirt ging hinter den Tresen zurück und griff wieder nach der Pfeife. Er murmelte seiner Frau etwas zu. Sie nahm einen Holzkrug und ging nach hinten. Kurz darauf kam sie mit einem Krug Bier zurück. In der anderen Hand hielt sie einen Korb mit Brot. Beides brachte sie an Pistoux' Tisch und stellte es vor ihn hin.

«Ein karges Mahl», hörte Pistoux den Dicken am Neben-tisch auf Französisch sagen.

«Schales Bier und trockenes Brot», sagte der Blonde mit dem Backenbart. «Manche mästen ihre Schweine damit.»

«Es ist nicht das schlechteste Fleisch, das auf diese Weise ge-züchtet wird», sagte der Dicke.

«Nicht üppig, aber nahrhaft», sagte der Finsterling.

Der blasse junge Mann schwieg.

Pistoux griff nach dem Krug und trank einen großen Schluck. Das Bier schmeckte sauer, aber es war kühl. Das Brot war keineswegs trocken. Es schmeckte gut. Mehr brauchte er heute nicht.

«Als Soldat ist er sicherlich nichts Besseres gewohnt», sagte der Blonde.

«Ein Soldat?», fragte der Dicke.

«Sehen Sie sich doch seine Kleider an. Eine Uniform. Und der Tornister», sagte der Blonde.

«Ist der Krieg nicht längst vorbei?», meinte der Dicke zwei-felnd.

«Vielleicht gibt's einen neuen und wir haben's noch nicht bemerkt», sagte der Finsterling.

«Das ist keine Uniform», sagte der Dicke.

«Aber ja», beharrte der Blonde.

«Unsinn, nichts passt zusammen», sagte der Dicke.

«Ohne Flinte und Bajonett kann der Soldat nicht meucheln», sagte der Finsterling.

«Also ist er keiner.»

Pistoux war verärgert über diese Frotzeleien, bemühte sich aber so zu tun, als würde er kein Wort davon verstehen. Mit dem Wirt hatte er deutsch gesprochen. Diese vorlauten Franzosen mussten nicht wissen, dass er ein Landsmann von ihnen war.

«Jede Wette, dass er glaubt, es ist noch Krieg», sagte der Blonde.

«Er trägt eine französische Hose und eine deutsche Uniformjacke», stellte der Dicke fest.

«Entweder hat er einen Feind umgebracht, um seine Jacke zu bekommen, oder einen anderen wegen der Hose. Vielleicht auch beide. Aber von wem hat er dann den Tornister und die Stiefel?», sagte der Finsterling.

«Der Hut ist zivil», stellte der Blonde fest.

Sie schwiegen. Offenbar fiel ihnen nichts mehr ein. Der blasse junge Mann, der die ganze Zeit kein Wort gesagt hatte, rutschte unruhig auf seinem Stuhl hin und her.

Nun rief der Dicke den Wirt zu sich und flüsterte ihm etwas ins Ohr. Der Wirt nickte mürrisch und murmelte etwas zu seiner Frau, die wieder nach hinten ging.

Sie kam mit einem großen Teller zurück, auf dem einige Scheiben lagen, die Pistoux zuerst für eine Art Wurst hielt. Sie stellte den Teller vor ihn hin.

«Was ist das?», fragte er erstaunt.

«*Säumäwe.*»

Pistoux zuckte mit den Schultern. Das Wort kannte er nicht. «Ich habe nicht mehr als Brot und Bier bestellt. Ich kann das nicht bezahlen.»

«Ist schon bezahlt.»

Pistoux sah sich das Gericht an. Es war keine Wurst. Es war eine Art grober Pastete im Schweinenetz, in Scheiben geschnitten.

Die Wirtin legte Messer und Gabel aus billigem Blech neben den Teller und ging.

Pistoux hörte, wie die Männer am Nebentisch leise lachten. Er sah zu ihnen hin.

«Guten Appetit», rief der dicke Glatzkopf auf Deutsch und hob seinen Becher.

«Danke», sagte Pistoux.

Er probierte. Es schmeckte nicht schlecht. Nach Fleisch, Kartoffeln, Zwiebeln. Tatsächlich schmeckte es sogar gut. Nun wurde er neugierig. Er blickte auf und sah den Glatzkopf an.

«Was ist das denn?», fragte er.

«Säumäwe?», sagte der Dicke. «Saumagen zu Deutsch.»

Der Blonde lachte. «Estomac de porc!», rief er.

«Eine Spezialität des Hauses», sagte der Dicke auf Französisch.

«So etwas habe ich noch nie gegessen, höchstens vielleicht in England», murmelte Pistoux nun ebenfalls in seiner Muttersprache.

«Habt ihr das gehört?», fragte der Finsterling. «Ein Landsmann.»

«Ein Franzose», sagte der Blonde.

«Und ein Gourmet noch dazu», stellte der Dicke fest.

«In der Tat», sagte der Finsterling. «Seht nur, wie es ihm schmeckt.»

Pistoux aß mehr vom Saumagen und spülte mit Bier nach.

«Ein Franzose, der Bier trinkt?», fragte der Blonde.

«Eine Schande», sagte der Finsterling.

«Ein Franzose, der allein an einem Tisch sitzen muss, um zu essen, ist ein trauriger Anblick», sagte der Dicke. Er winkte Pistoux zu: «He, Monsieur! Kommen Sie zu uns. Wir haben Wein! Wirt! Bring uns noch einen Becher! Und mehr Wein! Vom besten! Wir feiern!»

Pistoux zögerte. Aber es war klar, dass er diese Einladung unmöglich ablehnen konnte. Er stand auf, nahm seinen Teller und setzte sich auf einen freien Stuhl am Tisch seiner Gönner.

«Essen Sie! Essen Sie!», ermunterte ihn der Dicke. «Sie sehen aus, als könnten Sie es brauchen.»

«Wo kommen Sie her, Landsmann?», fragte der Blonde neugierig. «Aus dem Krieg zurück?»

«Unsinn! Lasst ihn doch essen», sagte der Dicke.

«Hat der Mann auch einen Namen?», fragte der Finsterling. «Ich weiß gern, mit wem ich es zu tun habe.»

Pistoux sah ihn an: «Mein Name ist Jacques Pistoux.»

Der Finsterling nickte nachdenklich: «Wo kommen Sie her?»

«Nizza.»

Wieder nickte der Finsterling. Dann sagte er: «Gut. Das hier», er deutete auf den Dicken, «ist Monsieur de Meurville. Neben ihm sitzt Antoine Wipfel, sein Sekretär.» Er zeigte auf den Blonden. «Ich bin Claude Forge, homme de lettres. Der schweigsame junge Mann dort ist Pierre Durant, der Diener von Monsieur de Meurville. Wir haben Deutschland bereist und sind nun auf dem Weg nach Hause. Momentan sitzen wir hier fest, weil bei unserer Kutsche die Achse gebrochen ist. Ein Trauerspiel. Morgen kommt jemand, um sie zu reparieren.»

Der Wirt brachte einen Krug mit Wein und stellte einen Becher vor Pistoux auf den Tisch. Der Blonde griff nach dem Krug und schenkte allen so großzügig ein, dass der Wein über den Becherrand schwappte.

«Was sind Sie von Beruf, Monsieur Pistoux?», fragte Meurville.

«Ich bin Koch.»

«Ein Koch?», fragte Antoine Wipfel.

«Ein Koch», stellte Claude Forge belustigt fest.

«Na, großartig», sagte Meurville erfreut. «Ein Mann vom Fach.»

«Ein Grund zum Feiern», sagte Wipfel.

«Na dann hoch die Tassen», sagte Forge wenig enthusiastisch.

Sie tranken, schenkten neu ein, tranken wieder, wurden lauter und verlangten nach mehr Wein. Pistoux blieb nichts anderes übrig, als mitzufeiern.

Der Wein war nicht schlecht. Vielleicht ein bisschen zu trocken. Aber er half Pistoux, den Saumagen herunterzuspülen. Estomac de porc. Seinem Freund Auguste Escoffier hätte dieses derbe Gericht gar nicht gefallen.

Was Pistoux missfiel, war, dass sein Blick ständig unfreiwillig zu dem schweigsamen jungen Mann wanderte, der sich weigerte mitzufeiern. Er erinnerte ihn an jemanden. An wen nur? Pistoux grübelte und kam zu keinem Ergebnis. Er merkte, dass er zu viel trank. Aber andererseits war er froh, dass er die Erinnerung an den Toten auf diese Weise von sich schieben konnte.

Der schweigsame Diener stand irgendwann auf, und plötzlich lief es Pistoux eiskalt den Rücken hinunter. Die Statur dieses jungen Mannes ähnelte geradezu beängstigend der des Toten, den er heute Morgen begraben hatte. Auch die schmalen Gesichtszüge waren ähnlich geschnitten. Oder bildete er sich das alles nur ein? Der Diener ging nach draußen. Als er zurückkam, musterte Pistoux ihn kurz und schüttelte dann den Kopf. Er war betrunken, er träumte.

~:4 :~ EILE MIT WEILE Er schlief unruhig, wachte mit dem ersten Hahnenschrei auf, blieb erschöpft in seinem Stohsack liegen und nickte wieder ein. Er träumte, er würde fliegen. Er segelte durch einen endlosen weiten Himmel mit seltsamen Vögeln ohne Flügel. Die Vögel verwandelten sich in fliegende Fische, der Himmel wurde zum Meer und plötzlich kam ein Sturm auf. Wellen peitschten wild durcheinander, doch er blieb seltsam unbeteiligt. Dann teilten sich die Wassermassen und eine schwarze Kutsche rumpelte ihm entgegen. Das Gefährt raste über ihn hinweg. Plötzlich lag er in einer Scheune, seinem eigenen Ebenbild gegenüber, das immer blasser wurde und verschwand. Dann trat Bauer Florian in die Scheune, holte mit der Sense aus und schnitt ihm den Kopf ab.

Pistoux erwachte mit heftigem Herzklopfen. Durch die Ritzen im Dach funkelte das Tageslicht. Er hörte Stimmen im Hof. Eine ganze Reisegesellschaft schien sich dort plaudernd versammelt zu haben. Auch ein Hämmern war zu hören. Offenbar hatte jemand begonnen, die Kutsche zu reparieren.

Er richtete sich auf. Sein Nachtlager befand sich in einem Holzschuppen, der direkt an den Gasthof angrenzte. In dem windschiefen Gebäude lagen säuberlich nebeneinander angeordnet zehn Strohsäcke. Einen davon hatte er sich ausgesucht. Er war der Einzige, der hier übernachtet hatte. In einer Ecke waren noch mehr Strohsäcke übereinander gestapelt worden. Was für ein Glück, dass er seine karge Unterkunft nicht mit einer Horde betrunkener Taugenichtse hatte teilen müssen.

Er stand auf, klopfte, so gut es ging, den Staub aus den Kleidern, zog sich seine Jacke über, ließ Hut und Tornister wo sie waren und schob die quietschende Tür auf.

Es war ein strahlend schöner Tag. Die Sonne stand hoch am hellblauen Himmel, vereinzelte Wasserpfützen im Hof glitzerten. Es herrschte eine Atmosphäre emsiger Betriebsamkeit. Zwischen Tischen und Stühlen, die aus der Gaststube nach draußen gebracht worden waren, liefen der Wirt und die Wirtin sowie eine Magd herum und bedienten ihre Gäste.

Monsieur de Meurville saß am Kopfende eines länglichen Tisches und schnitt eine dicke Wurst in Scheiben. Die Scheiben verteilte er nach rechts und links an zwei Frauen.

Die eine war eine matronenhafte Dame in grün-rotem glitzernden Kleid, das hier auf dem Lande fehl am Platz wirkte. Auch ihr riesiger Hut mit dem üppigen Federarrangement wirkte vor der bescheidenen Herberge geradezu albern. Die Frau hatte ein breites Gesicht, einen grellroten Mund, rosig geschminkte Wangen und war zweifellos in einem Alter, in dem sich ein so farbenprächtiges Auftreten für eine Dame nicht ziemte.

Die andere war das genaue Gegenteil: jung, schmal, ganz in Weiß gekleidet, mit einer zierlichen weißen Haube auf dem Kopf und einem weißen Sonnenschirm in der Hand. Üppige schwarze Locken fielen auf ihre Schultern. Sie war blass und wirkte nachdenklich. Pistoux schätzte sie auf kaum zwanzig Jahre. Sie blickte sehr ernst drein, schien über die Freigebigkeit des Wurst reichenden Meurville nicht sehr erfreut zu sein, nahm aber eine Scheibe und biss ein winziges Stück davon ab, als würde es sich um Konfekt handeln.

Die Ältere grapschte lachend nach der nächsten Wurstscheibe und stopfte sie sich genüsslich in den Mund.

Monsieur de Meurville bemerkte Pistoux, äußerte aber keine Geste des Wiedersehens. Pistoux überquerte den Hof und ging zu den Wassertrögen vor den Ställen. Dort wusch er sich Hände und Gesicht. Als er fertig war, schlenderte er zu der aufgebockten Kutsche. Dort reparierte der Kutscher zusammen mit dem schweigsamen dünnen Mann aus Meurvilles Reisegesellschaft die gebrochene Hinterachse. Pierre Durant, Meurvilles Diener, machte keinen glücklichen Eindruck. Er schien es nicht gewohnt zu sein, mit den Händen zu arbeiten. Sein schwarzer Gehrock war schmutzig, seine Hose nass, anscheinend hatte er sich versehentlich in eine Pfütze gekniet.

Der Kutscher, ein grobschlächtiger Kerl in derben Hosen und Lederwams, fluchte laut vor sich hin. Er versuchte das zweite Hinterrad abzumontieren, wurde dabei aber von dem ungeschickten Durant behindert. Das Rad verkantete sich. Wütend stieß der Kutscher den Diener in die Seite. Durant ging mit einem Aufschrei zu Boden.

Hinter Pistoux lachte jemand. Er drehte sich um und erkannte Antoine Wipfel, Meurvilles Sekretär. Seine Augen leuchteten vor Schadenfreude. Er hatte den Rock ausgezogen, sich die Weste aufgeknöpft und die Ärmel hochgekrempelt. Nach Arbeit sah er trotzdem nicht aus.

«Guten Tag, Monsieur», sagte Pistoux.

«Herrliche Luft heute», sagte Wipfel. «Habe einen kleinen Spaziergang gemacht. Spaziergänge sind jetzt groß in Mode.» Er lachte wieder und strich sich über den Backenbart. «Macht Appetit. Entschuldigen Sie mich.»

Pistoux sah ihm nach, wie er den Hof überquerte und sich zu Meurville an den Tisch setzte. Meurville warf ihm die Wurst zu, die der blonde Sekretär geschickt auffing.

«He, Monsieur», sagte der Kutscher.

Pistoux drehte sich um.

«Dieses verdammte Rad ...»

Pistoux sah den Diener an, der sich aufgerichtet hatte und verzweifelt versuchte, seine Kleider zu säubern.

Das Rad war immer noch verkantet. Der Kutscher ächzte und brachte es trotz aller Kraftanstrengung nicht in die richtige Lage. Pistoux stemmte die Hände in die Seiten und sah ihn an.

«Brauchen Sie Hilfe?», fragte er.

Der Kutscher ruckte am Rad. Plötzlich ruckte sich die Kutsche zur Seite. Es knirschte. Der Holzbock neigte sich. Der Kutscher stemmte sich dagegen, die Kutsche drohte vom Bock zu rutschen, schwankte, und einen Moment lang sah es so aus, als würde der Kutscher von seinem eigenen Gefährt erschlagen.

Pistoux eilte ihm zu Hilfe. Gemeinsam gelang es ihnen, die Kutsche wieder gerade zu wuchten. Der Diener war ängstlich zur Seite gesprungen.

«Memme», sagte der Kutscher.

«Brauchen Sie Hilfe?», wiederholte Pistoux.

«Danke, geht schon wieder.»

«Ich brauche noch Geld für die Fähre», sagte Pistoux.

Der Kutscher sah ihn stirnrunzelnd an.

«Ich könnte Ihnen ein wenig zur Hand gehen.»

Der Kutscher blickte dem Diener hinterher, der sich umgedreht hatte und fortging.

«Mistkerl», murmelte er. «Allein schaff ich es nicht.»

«Eben. Das Geld für die Fähre, zu essen und zu trinken», sagte Pistoux. Er hatte sich inzwischen die Kutsche genau angesehen und das Gefährt wieder erkannt.

«Na, na.»

«Sie schulden mir sowieso noch was.»

«Was soll das heißen?»

«Sie hätten mich beinahe umgebracht. Vorgestern. Während des Unwetters. Ich war auf der Straße unterwegs …»

«Umgebracht?»

«Überrollt.»

«Ich hab nichts bemerkt.»

«Die Pferde sind Ihnen durchgegangen.»

«Mir? Die Pferde durchgegangen? Niemals!»

«Sie haben mich gesehen», beharrte Pistoux. «Und mich bei diesem entsetzlichen Unwetter mitten auf weiter Flur stehen lassen.»

«Die Kutsche war voll.»

«Ich hätte mit dem Kutschbock vorlieb genommen.»

Der Kutscher fluchte. «Ist doch nicht meine Schuld! Die Herrschaften hatten es eilig.»

Pistoux klopfte sich den Staub aus der Uniformjacke.

«Meinetwegen», sagte der Kutscher unwirsch. «Das Geld für die Fähre und was zu essen.»

«Wein dazu.»

Der Kutscher steckte sich die eine Hand in die staubige Weste, als wollte er Napoleon imitieren und lachte.

«Alles hört auf mein Kommando! Also gut. Aber jetzt komm! Der Wirt hat eine Achse im Stall. Kostet mich ein Heidengeld. Mal sehen, ob sie was taugt.»

Sie gingen über den Hof. Pistoux warf der Reisegesellschaft einen verstohlenen Blick zu. Sie schien jetzt komplett zu sein. Zu Meurville, seinem Sekretär und den beiden Damen hatte sich Claude Forge gesellt. Sogar im hellen Sonnenlicht sah der «homme de lettres» mit den in die Stirn gekämmten Haaren und dem gezwirbelten Schnurrbart ziemlich finster aus. Jetzt trat ein Mädchen in der Kleidung einer Zofe aus dem Haus und setzte sich auf den freien Stuhl neben Madame de Lambrusse.

Pistoux und der Kutscher traten in den Stall. Die Pferde schnaubten, eins wieherte, als sie den Kutscher bemerkten. Der grobschlächtige Kerl ging zu ihnen hin und liebkoste ihre Köpfe und sprach zärtlich mit ihnen.

Dann trugen sie die Achse in den Hof. Es stellte sich heraus, dass sie für eine größere Kutsche angefertigt worden war. Sie würden sie anpassen müssen.

«Du wirst dir deinen Wein schon verdienen», sagte der Kutscher.

Als sie bei der Kutsche angekommen waren, legten sie die Achse auf den Boden. Hinter ihnen lachte Madame de Lambrusse laut auf, und plötzlich rief Monsieur de Meurville: «Herr Wirt! Er soll mal herkommen!»

«Ich heiße Hans», sagte der Kutscher plötzlich.

«Mein Name ist Jacques.»

«Franzose, hm?»

«Ja.»

«Dann fass mal mit an, Franzose!»

Der Wirt kam aus dem Haus und verbeugte sich vor Monsieur de Meurville.

«Nehmt die Milch weg, Wirt! Fort mit diesem scheußlichen Kaffee! Mir ist nach Wein! Und dann tragt auf, was die Speisekammer hergibt! Los, los! Es soll Euer Schaden nicht sein.»

Es war jetzt Mittag geworden. Im Hof wurde es heiß. Während Pistoux und Hans im Schweiße ihres Angesichts die Kutsche reparierten, ließ sich die Reisegesellschaft alles auftragen, was der Wirt in seinen Vorräten fand und entbehren konnte. Es war nötig, einen weiteren Tisch dazuzustellen.

Hin und wieder diskutierte Monsieur de Meurville mit dem Wirt, ab und zu schaltete sein Sekretär sich ein. Aus dem Augenwinkel konnte Pistoux erkennen, dass die Wirtin händeringend versuchte, ihren Mann davon abzubringen, besondere Kostbarkeiten zu servieren.

«Was für eine Bagage», murmelte Hans, als sie kurz innehielten, um zu verschnaufen.

«Sie scheinen sich gut zu unterhalten», stieß Pistoux zwischen den Zähnen hervor.

«Hm.»

«Wenn wir fertig sind, werden sie sofort zum Aufbruch blasen, und wir haben keine Zeit mehr, einen Krug Bier zu trinken.»

«Ich glaube nicht, dass sie heute noch weiterreisen.»

«Sagtest du nicht, sie hätten es sehr eilig?»

«Hatten sie, vorgestern. Seit wir hier sind, scheinen sie alle Zeit der Welt zu haben.»

«Merkwürdig.»

«Was kümmert's mich», sagte Hans schulterzuckend.

«Wo wollen sie hin? Zurück nach Frankreich?»

«Ins Elsass. Sie haben Deutschland bereist. Monsieur de Meurville hat das Land und die Sitten studiert, heißt es. Er will ein Buch über die Deutschen schreiben.»

«Ein Buch über die Deutschen? Im Elsass?»

«Das Elsass gehört jetzt zu Deutschland.»

«Das ist wahr.»

«Ob Elsass oder nicht», sagte Hans. «Ich habe ihn noch nie schreiben sehen.»

«Monsieur de Meurville?»

«Ja.»

«Er hat einen Sekretär.»

«Auch der Sekretär schreibt nie, obwohl er gern darüber redet, dass er ein Mann des Wortes ist.»

«Seltsam.»

«Aber ich bin nur ein einfacher Mann», sagte Hans. «Vielleicht wird er sich erst am Ende der Reise damit befassen.»

«Er macht sich keine Notizen?»

«Nein. Er ist ohnehin nur am Essen interessiert. Wipfel, sein Sekretär, auch. Es gibt doch wohl noch mehr über die Sitten eines Volkes zu berichten, oder?»

«Sicherlich. Aber es gibt auch Reisende, die sich nur mit den kulinarischen Traditionen eines Volkes befassen.»

«Ich kenne solche Reisenden nicht. Außerdem lese ich nicht gern.»

«Und die Frauen?», fragte Pistoux.

«Die Dicke hat in Berlin Verwandte besucht. Die andere ist eine polnische Adelige. Sie heißt Alice Sierpinska. Madame de Lambrusse, das ist die Dicke, soll sie nach Paris bringen. Weiß der Teufel, was sie da will.»

«Paris ist der Mittelpunkt der Welt.»

«Nicht für mich.»

«Und der dünne junge Mann?»

«Ist erst gestern zu uns gestoßen. Steht im Dienst von Monsieur ...»

Plötzlich stand Claude Forge neben ihnen.

«Geht's voran?», fragte er mit strengem Unterton.

«Wir sind so gut wie fertig», sagte Hans.

«So, so.» Forge stocherte mit der Stiefelspitze im Schmutz. «Und Sie interessieren sich für unsere Reisegesellschaft?», fragte er Pistoux.

«Nicht mehr als für alle anderen Menschen.»

«So, so.»

«Er ist mir eine große Hilfe», sagte Hans.

«Sicherlich. Aber er sollte seine Nase nicht ungefragt in anderer Leute Dinge stecken. Und du», Forge stieß so heftig mit der Stiefelspitze in den Boden, dass der Kutscher einige Spritzer Lehm ins Gesicht bekam, «solltest nicht so vorlaut über deine Fahrgäste sprechen.»

«Jawohl, Herr.»

Forge drehte sich auf dem Absatz um und ging zurück zu seiner Gesellschaft.

«Ich mag ihn nicht», sagte Pistoux.

Hans wandte sich schweigend wieder seiner Arbeit am linken Hinterrad zu.

«Schluss! Aus!», schrie Monsieur de Meurville plötzlich wild mit den Armen fuchtelnd. «Nehmt diesen Unrat weg!» Seinem Gesichtsausdruck nach war er zutiefst angeekelt.

Neben ihm standen der Wirt und die Wirtin und blickten ihn fassungslos an.

«Was ... was?», stammelte der Wirt.

«Habt ihr denn nichts anderes als Kohl, Speck und harte Würste in eurer Speisekammer?», rief Monsieur de Meurville aus. «Seit Wochen ernähren wir uns von nichts anderem als Kohl und Würsten! Was ist das für ein Land, in dem einem Tag für Tag dasselbe aufgetischt wird?»

«Aber da ist doch auch ...»

«Saure Gurken, sauer eingelegte Rote Bete, saurer Kürbis? Diese traurigen Erzeugnisse kulinarischer Armut wagen Sie unseren Damen vorzusetzen?»

«Wir haben sonst nichts», beharrte der Wirt.

«Und Sie behaupten, einen Gasthof zu führen?»

«Wir sind arme Leute ...»

«Dass ich nicht lache, bei den Preisen.»

«Wir kochen erst zu Abend», sagte die Wirtin.

«Heilige Einfalt!», rief Monsieur de Meurville. «Und was soll es heute Abend geben?»

Die Wirtin zögerte. «Säumäwe», sagte sie dann.

«Schon wieder?»

Die Wirtsleute schwiegen trotzig.

Monsieur de Meurvilles Tischgenossen hatten die Diskussion teils belustigt, teils erstaunt mitverfolgt.

«Habt ihr nicht vielleicht noch eine zweite Speisekammer?», fragte Antoine Wipfel hinterlistig.

«Eine zweite?», fragte der Wirt.

«Für euch selbst», sagte Antoine Wipfel.

«Wir haben euch alles aufgetischt, was wir haben.»

«Und heute Abend wollt ihr uns wieder euren Saumagen servieren?»

«Ja.»

«Monsieur», sagte Antoine Wipfel zu Meurville, «das können wir nicht ertragen. Sollten wir nicht besser aufbrechen? Die Kutsche ist repariert.»

Monsieur de Meurville warf einen Blick hinüber zur Kutsche. Der Kutscher und Pistoux waren gerade mit den letzten Handgriffen beschäftigt.

«Wir bleiben noch», sagte Meurville. «Aber ich hab da eine Idee.» Er deutete auf Pistoux, der sich jetzt aufrichtete und tief durchatmete. «Unser Landsmann dort. Sagte er nicht, er sei Koch?»

«Ganz recht», bestätigte Antoine Wipfel.

«Er soll uns mal zeigen, was er kann.»

«Er soll für uns kochen?»

«Ja.»

«Eine vorzügliche Idee, Monsieur.»

«Wenn er sich bewährt, nehmen wir ihn ein Stück des Weges mit. Was halten Sie davon?»

«Ausgezeichnet, Monsieur.»

«Das meine ich auch.» Monsieur de Meurville stand auf. «Ich werde jetzt mit den Damen einen Spaziergang machen. Erklären Sie dem Mann, was wir von ihm erwarten.»

«Mit dem größten Vergnügen», sagte Antoine Wipfel.

Während Meurvilles Sekretär sich anschickte, den Hof zu überqueren, erhoben sich die Damen. Madame de Lambrusse stöhnte ein wenig unter der eigenen Last und hakte sich erleichtert aufseufzend bei Monsieur de Meurville ein.

«Mademoiselle», sagte Claude Forge zu der weiß gekleideten jungen Frau und hielt ihr seinen Arm hin. «Darf ich ...»

«Wir werden das Wäldchen dort drüben erkunden», sagte Monsieur de Meurville.

«So weit?», fragte Madame de Lambrusse zweifelnd. «Sie werden mich zurücktragen müssen, Monsieur.»

«Es wird mir ein Vergnügen sein», sagte Monsieur de Meurville.

Madame de Lambrusse lachte laut auf.

Claude Forge und seine junge Begleiterin folgten ihnen schweigend.

Antoine Wipfel lief einmal um die Kutsche herum und nickte zufrieden.

«Gute Arbeit», sagte er.

«Das wird sich noch herausstellen», sagte Hans, «wenn wir losfahren. Wer weiß, wie lange es hält.»

«Oh, ich bin sicher, es wird halten», sagte Wipfel.

«Na, wenn Sie sich sicher sind, ist es ja gut», murmelte der Kutscher.

Wipfel baute sich jetzt vor Pistoux auf: «Monsieur de Meurville möchte Ihnen ein Angebot machen.»

«Ein Angebot?»

«Er wäre bereit, Sie ein Stück des Weges mitzunehmen.»

«So?»

«Über eine darüber hinausgehende angemessene Entlohnung wäre noch zu sprechen.»

«Angemessene Entlohnung?», fragte Pistoux desinteressiert. Er war müde und erschöpft. Er hatte Durst und Hunger. Er wollte sich nicht mit diesem wichtigtuerischen Dicken unterhalten, der ständig ein abstoßendes Grinsen zur Schau trug.

«Sie sollen für uns kochen.»

«Kochen?»

«Ja.»

«Dies ist doch ein Gasthof. Der Wirt hat sicherlich kein Interesse ...»

«Der Wirt ist einverstanden», erklärte Wipfel.

Pistoux zuckte unschlüssig mit den Schultern.

«Monsieur de Meurville ist ein Gourmet. Es sollte Ihnen eine Ehre sein.»

«Sollte es das?»

«Sie wollen handeln? Nennen Sie Ihren Preis!»

Pistoux winkte müde ab. Dieser Mensch hatte eine seltsame Art, sich zu unterhalten.

«Fahren Sie nach Paris?»

«Ganz recht», sagte Antoine Wipfel.

«Dann nehmen Sie mich bis Paris mit.»

«Das lässt sich machen. Sie müssen allerdings mit dem Platz neben dem Kutscher vorlieb nehmen ...»

«Das ist mir nur recht.»

«... und heute Abend ein Menü servieren, das dem kritischen Gaumen von Monsieur de Meurville standhält.»

Pistoux zuckte mit den Schultern. «Woher bekomme ich meine Zutaten?»

«Fragen Sie den Wirt.»

Pistoux zuckte mit den Schultern. «Ich werde mit ihm reden. Aber wenn er nichts herausrückt, kann ich nichts kochen.»

«Er wird Ihnen bestimmt helfen. Ich werde ihn sofort instruieren.»

«Tun Sie das.»

Meurvilles Sekretär wandte sich um und ging zurück zum Gasthof.

Der Kutscher sah Pistoux mitleidig an.

«Ein schlechter Handel», sagte er.

«Wieso?»

«Ist doch klar. Wenn ihnen dein Essen nicht gefällt, nehmen sie dich nicht mit. Wenn es ihnen gefällt, werden sie auf der ganzen Fahrt von dir verlangen, dass du für sie kochst.»

«Ich übe mein Handwerk genauso gern aus wie du.»

«Ich werde dafür bezahlt.»

«Sie werden mich auch bezahlen müssen.»

«Gut», sagte Hans. «Aber da ist noch ein Problem.»

«Und das wäre?»

«Die Speisekammer von diesen Wirtsleuten ist randvoll ...»

«Was ist daran problematisch?»

«... mit Kartoffeln und Kohl. Die Herrschaften halten sich für Feinschmecker. Die wollen etwas Besonderes.»

Pistoux zuckte mit den Schultern. «Ich muss nehmen, was da ist. Aber ich habe schon in schwierigeren Situationen etwas Vernünftiges auf den Tisch gebracht. Zum Beispiel, als ich im letzten Krieg mit meinem Freund Auguste bei der Belagerung von Metz ...»

Hans steckte eine Hand in die Weste und blickte wie ein Feldherr in die Ferne: «Napoleon hätte Berlin erobert ...»

Pistoux sah ihn verwirrt an. Hans stolzierte umher, als wolle er eine Truppe befehligen: «Männer! Auf nach Berlin!» Dann nahm er die Hand wieder aus der Weste und lachte vor sich hin.

«Ich könnte dir ein bisschen helfen», sagte er dann. «Wenn du mir was abzweigst.»

«Beim Kochen?»

«Nicht direkt.»

«Sondern?»

«Wie wär's mit Fisch?»

«Fisch?»

«Ich kenne einen Teich in der Nähe. Darin gibt es Karpfen. Bis heute Abend ist noch genug Zeit, um ein paar Fische rauszuholen.»

«Weißt du, wie man das macht?»

«Klar.»

«Karpfen ...» Pistoux dachte nach.

«Ich hab eine Tante drüben im Elsass», sagte Hans. «Die kocht den Karpfen im Biersud.»

«Bier gibt es hier genug.»

«Genau.»

«Man kann ihn auch füllen», überlegte Pistoux.

«Du bist der Koch, Jacques, du musst es wissen. Wie viele Fische brauchst du?»

Pistoux grinste. «Du weißt ja, für wen ich koche. Monsieur de Meurville isst mindestens zwei. Sein Sekretär ...»

«Antoine Wipfel.»

«... versucht es ihm gleich zu tun. Und diese Madame de ...»

«Lambrusse.»

«... wird beide wahrscheinlich noch übertrumpfen.»

«Ich habe überlegt, ob ich wegen ihr ein zusätzliches Pferd vor die Kutsche spannen soll», sagte Hans.

«Dagegen ist diese junge Frau in Weiß eher ein Leichtgewicht.»

«Alice Sierpinska, diese hübsche Polin. Sie war kürzlich zur Kur in Marienbad. Sie wird nicht viel essen.»

«Wohl nicht. Aber vielleicht dieser Schriftsteller.»

«Claude Forge?»

«Ja, schon allein vom Herumspionieren muss er einen großen Appetit bekommen.»

Hans lachte. «Bestimmt.»

«Bleibt noch die Dienerschaft. Dieser blasse junge Mann ...»

«... Pierre Durant. Meurvilles Diener. Hat Kummer», sagte Hans abschätzig. «Isst nicht viel.»

«Und das Mädchen.»

«Die kleine Carine. Den halben Vormittag hat sie damit zu tun, Madame de Lambrusse beim Ankleiden zu helfen. Den halben Abend damit, sie wieder auszukleiden. Dazwischen ist sie unsichtbar.»

«Macht zusammen drei doppelte Portionen, drei halbe Portionen und eine normale Portion, der Rest ist für dich und mich.»

«Ich hol so viele Karpfen raus, wie ich kann», sagte Hans.

«Gut. Und ich spreche mit dem Wirt.»

Das Gespräch verlief nicht besonders ergiebig. Der Wirt führte Pistoux in die Speisekammer, die sich in einem feucht-kalten steinernen Kellergewölbe befand. Mehr als ein paar Würste, verschiedene Kohlsorten, Kartoffeln und Rüben gab es dort nicht.

Schweigend stand der Wirt da, während Pistoux sich das Gemüse ansah. Immerhin war es nicht verdorben.

«Habt ihr Wein?», fragte Pistoux.

«Die Gäste haben alles getrunken. Bier haben wir noch.»

Pistoux deutete auf ein paar alte Flaschen, die in einer Ecke standen: «Was ist das da?»

«Schnaps.»

«Was für Schnaps?»

Der Wirt zuckte mit den Schultern. «Probiert doch.»

Pistoux zog den Korken aus einer angebrochenen Flasche und roch daran.

«Rum», sagte er. «Den nehmen wir zum Dessert.»

«Wer bezahlt mir eigentlich, was sie hier wegnehmen?», fragte der Wirt.

«Monsieur de Meurville natürlich, ich bin nur der Koch.»

«So, so», brummte der Wirt.

Sie verließen den Vorratskeller und gingen in die Küche.

«Er kocht», sagte der Wirt missmutig zu seiner Frau.

Sie blickte Pistoux erstaunt an.

«Es ist noch Säumäwe übrig», sagte sie dann eilfertig. «Den können Sie warm machen heute Abend, wenn Sie wollen.»

«Nein, danke», sagte Pistoux.

Der Wirt grunzte abfällig. «Lass ihn machen», sagte er. «Wir sind hier überflüssig.»

Er nahm seine Frau am Arm und schob sie aus der Küche in den Schankraum. Dort setzten sie sich hin und bliesen Trüb-sal. Der Wirt mit seiner kalten Pfeife im Mund, seine Frau mit

einer Stickerei im Schoß, an der sie nur gelegentlich herum-
nestelte.

Pistoux machte sich an die Arbeit.

~: **6** :~ *AUF UND DAVON* Aus dem Vorratskeller
und dem vernachlässigten Garten sammelte Pistoux alles zusammen, was er seiner Ansicht nach zu einem halbwegs
schmackhaften Menü im ländlichen Stil kombinieren konnte.
Ganz einfach war es nicht. Die meisten Vorräte waren sauer
eingelegt. Frisches Gemüse war rar. Er hatte Rotkohl, Rote
Bete, Zwiebeln, Kartoffeln gefunden. Im Garten stand ein
Apfelbaum, dessen Äpfel überreif an den Ästen hingen oder
schon ins Gras gefallen waren. Auch einen vernachlässigten
Kräutergarten machte er ausfindig und bediente sich. In einer
Ecke der Küche fand er einen großen Sack mit Mehl und
einen kleinen, gefüllt mit Walnüssen, die er ebenfalls gut ge-
brauchen konnte. Nur mit dem Fleisch war es schlecht bestellt. Mehr als geräucherte Blutwurst und durchwachsenen
Speck hatte er im Vorratskeller nicht gefunden.

Trotzdem machte er sich zuversichtlich ans Werk. Je karger
die Zutaten, umso größer die Herausforderung für den Koch.
Nachdem er einen Vorrat guter Butter entdeckt hatte, war er
mit seiner Ausbeute zufrieden. Er heizte den großen Herd ein,
legte große Holzscheite nach, bis das Feuer heiß genug war,
und inspizierte die Gerätschaften. Die Messer waren stumpf,
die Töpfe rostig, die Pfannen verbogen. Offenbar hatten der
Wirt und seine Frau nicht viel Interesse daran, ihre Gäste gut
zu verköstigen.

Irgendwann am frühen Abend kam Hans mit einem großen Korb voller Karpfen in die Küche.

«Leben sie noch?», fragte Pistoux.

«Ich hab dir die Arbeit abgenommen und jedem mit einem Knüppel eins über den Schädel gezogen.»

«Danke.»

«Was machst du da?»

Pistoux war gerade dabei, eine Lage Butter zwischen zwei Lagen Teig flach zu rollen.

«Blätterteig», sagte er.

«Einen Kuchen?»

Pistoux lachte. «Einen salzigen.»

«Einen salzigen Kuchen?»

«Mit Wurst.»

«Wurstkuchen?»

«So ähnlich. Lass dich überraschen.»

Hans leckte sich die Lippen.

«Du könntest mir ein bisschen zur Hand gehen», sagte Pistoux.

«Ich?»

«Ja. Jemand muss die Kartoffeln schälen, den Kohl schneiden, die Rote Bete würfeln, wenn sie fertig gekocht sind, die Zwiebeln …»

Hans hob abwehrend beide Hände: «In der Küche habe ich nichts verloren. Ich bin Kutscher, ich gehöre auf den Kutschbock oder in den Stall.»

«Du könntest noch was lernen.»

«Wie man Kartoffeln schält?»

Pistoux lachte. «War nur ein Vorschlag. Aber ich könnte wirklich noch eine Hilfe brauchen. Die Wirtsleute weigern sich, mir zur Hand zu gehen. Wie wäre es mit diesem Diener?»

«Pierre Durant?»

«Ja. Du könntest mir den Gefallen tun und ihn zu mir schicken.»

«Ich werde mal nach ihm schauen. Aber ich warne dich. Der Bursche ist zu nichts zu gebrauchen.»

Hans ging, und Pistoux machte seinen Blätterteig fertig. Dann trug er ihn in den Vorratskeller. Zurück in der Küche begann er, die Fische auszunehmen. Hans hatte sieben Karpfen mitgebracht. Inzwischen hatte Pistoux das Gefühl, nicht zu wenig, sondern zu viel Zutaten für ein Abendessen zu haben.

«Dieser Durant ist spurlos verschwunden», sagte er. «Keiner kann mir sagen, wo er abgeblieben ist.»

«Vielleicht hättest du ihn nicht so ruppig behandeln sollen.»

«Er hat sich wirklich dumm angestellt.»

«Du hast seinen Stolz verletzt.»

«Ach was», wehrte Hans ab.

Pistoux hackte mit präzisen Handbewegungen die Kohlhälften in feine Streifen.

«Hat er Verwandte hier in der Gegend?»

«Durant?»

«Ja.»

«Keine Ahnung. Warum sollte er? Er ist doch Franzose.»

«Ich habe einen Mann gesehen, der ihm recht ähnlich sah.»

«Ein Mann, der Pierre Durant ähnlich sah?» Hans sah ihn erstaunt an.

«Sehr ähnlich sogar.»

«Wo?»

«Eine Tagesreise von hier.»

«Wann denn?»

«Vor zwei Tagen.»

«Hast du mit ihm gesprochen?»

«Nein.»

«Ein Bruder?»

«Vielleicht.»

«Willst du ihn danach fragen?»

«Mal sehen.»

«Wieso interessierst du dich so sehr für Durant?»

«Ich suche jemanden, der mir bei meiner Arbeit hilft.»

Hans zuckte mit den Schultern.

Plötzlich hörten die Männer eine dünne Stimme von der Tür her. «Ich könnte Ihnen zur Hand gehen, Monsieur.»

Pistoux sah überrascht auf. Dort stand Carine, die junge Zofe von Madame de Lambrusse. Sie trug ein hellblaues Kleid und eine weiße Schürze. Ihre dunklen Haare waren von einer weißen Haube bedeckt. Sie lächelte. Pistoux stellte fest, dass sie hübsch war.

«Nanu, hat Madame dich etwa geschickt?»

«Nein.»

«Er?» Pistoux deutete auf Hans.

«Nein, ich komme aus freien Stücken.»

«Das ist schön.»

«Ich habe gehört, Sie sind ein weit gereister Koch. Da dachte ich mir, ich könnte vielleicht etwas lernen.»

«Na bitte», sagte Hans. «Ich gehe dann.» Er verließ die Küche.

Pistoux sah das zierliche Mädchen an, das offenbar seinen ganzen Mut zusammengenommen hatte, um ihm zu sagen, dass sie gerne helfen möchte.

«Wird Madame de Lambrusse denn einverstanden sein?»

«Sie braucht mich doch bloß zum An- und Auskleiden, mehr nicht. Den übrigen Tag langweile ich mich. Bitte, Monsieur, darf ich Ihnen nicht helfen?»

«Zwiebeln schneiden, Kartoffeln schälen?»

«Ja, gern.»

«Ich bin froh, wenn mir jemand hilft», sagte Pistoux.

«Danke schön.»

Seltsame Kleine, dachte Pistoux. Ich muss mich doch bedanken.

«Eigentlich wollte ich Pierre Durant bitten.»

«Pierre?»

«Ja, aber er ist offenbar spurlos verschwunden.»

«Er ist fort», sagte Carine. «Er hat sich von mir verabschiedet.»

«Von dir?»

«Ja, er sagte, er wolle nach seinem Bruder suchen.»

«Nach seinem Bruder?»

«Ja. Er hat einen Zwillingsbruder, Georges. Wegen ihm warten wir doch hier.»

«Auf Georges?»

«Ja. Er hätte eigentlich schon früher zu uns stoßen sollen. Pierre macht sich Sorgen. Deshalb hat er sich ein Pferd genommen und ist losgeritten.»

«Und Monsieur de Meurville? Macht der sich keine Sorgen um Georges?»

«Es ist ja nicht sein Bruder.»

«Das ist wahr.»

«Aber er macht sich Sorgen, weil Georges ihm etwas mitbringen sollte.»

«Was denn?»

«Ich weiß nicht. Mir werden solche wichtigen Dinge nicht anvertraut. Ich bin nur die Zofe von Madame.»

Pistoux deutete auf die Zwiebeln, die er bereits sortiert hatte: «Und nun auch noch fürs Zwiebelschälen. Dort ist ein Messer.»

Carine nahm sich das Messer und begann mit der Arbeit. Es schien ihr Spaß zu machen. Sie war flink. Bald machte sie sich daran, die Kartoffeln zu schälen. Es stellte sich heraus, dass sie mehr konnte, als Pistoux vermutet hatte. Meistens genügte ein Zuruf, und sie wusste, was sie tun sollte. Zwischendurch warf sie Pistoux bewundernde Blicke zu, was ihm durchaus schmeichelte.

Zunächst plapperte Carine noch fröhlich vor sich hin, aber

als die Zeit immer knapper wurde und Pistoux das Arbeitstempo steigerte, wurde sie ruhiger. Pistoux arbeitete wortkarg und versuchte sich auf seine Handgriffe zu konzentrieren. Dennoch schweiften seine Gedanken immer wieder zu Pierre Durant und seinem Bruder Georges. Georges war tot. Der tote Mann aus der Scheune könnte Durants Bruder gewesen sein. Sollte er ihm das mitteilen? Aber was würde dann geschehen?

Bis zum Abendessen tauchte Pierre Durant nicht wieder auf. Monsieur de Meurville, Madame de Lambrusse, Antoine Wipfel, Claude Forge und Alice Sierpinska schien seine Abwesenheit nicht weiter zu beunruhigen. Sie saßen an ihrem Tisch im Gastraum des «Goldenen Anker» und warteten gespannt, was Pistoux ihnen bringen würde. Carine half Pistoux beim Servieren, denn die Wirtsleute hatten sich, nachdem sie das Bier gezapft hatten, wortlos davongestohlen.

Pistoux war durchaus zufrieden mit seinem Menü. Er hatte es geschafft, aus den Rohstoffen einer karg bestückten Speisekammer eine üppige Mahlzeit zu bereiten. Das deutlich vernehmbare Schmatzen von Madame de Lambrusse und die lautstarken Komplimente von Monsieur de Meurville zeugten davon, dass seine Gäste zufrieden waren. Zunächst wurden zwei «rote» Hors d'œuvres serviert: *Rote Bete-Salat* mit Walnüssen und ein feiner *Salat vom Rotkohl*. Danach gab es einen rustikalen Auflauf von *Kartoffeln mit Zwiebeln und Speck* als Zwischengang. Es folgten die *Gefüllten Karpfen* und als abschließendes raffiniertes Hauptgericht servierte er *Blutwurst im Blätterteig mit Äpfeln und Zwiebeln*.

Während die Gäste die Blutwurst in den höchsten Tönen lobten, tränkte Pistoux in der Küche den Hefekranz, den er frisch gebacken hatte, mit einer Mixtur aus Rum und Zuckerwasser, dekorierte ihn mit reichlich Sahne und servierte den *Baba au rhum* unter Beifallsgemurmel.

Als die Gäste sich über den alkoholhaltigen Nachtisch hermachten, ging Pistoux nach draußen und setzte sich auf eine Mauer vor dem Gasthof.

Monsieur de Meurville würde ihn nun also mitnehmen. Bald würde er wieder in seiner Heimat sein und endlich wieder einen Posten in einem Restaurant oder Hotel annehmen können. Aber bis Paris war es noch ein weiter Weg.

∴ 7 ∴ ERFAHRUNG LEHRT MISSTRAUEN

Er bekam Privilegien. Es war wie in jener Zeit vor der Revolution, als man wegen banaler Verdienste Renten und Ländereien geschenkt bekam, wenn es einem der Herren so gefiel. Pistoux hatte Monsieur de Meurville ein schmackhaftes Abendessen serviert, und schon wurde er zum Günstling befördert.

Gerade als er wieder in den Stall treten wollte, um hundemüde in den Strohsack zu kriechen, wurde er gerufen.

«He! Monsieur!»

Die Hand am Riegel der Stalltür, hielt Pistoux inne und drehte sich um.

Antoine Wipfel näherte sich über den Hof, peinlich darauf bedacht, nicht in eine der noch vorhandenen Pfützen zu treten.

«Wo wollen Sie denn hin?», fragte der Sekretär von Monsieur de Meurville.

«Schlafen.»

«Schlafen? Hier?»

«Ich habe hart gearbeitet. Dort drin wartet mein Strohsack auf mich.»

«Ein Strohsack?»

«Was dachten Sie denn? Dass ich mich zu den Schweinen in den Dreck lege?»

«Sind dort denn Schweine drin?», fragte Wipfel.

«Nein, nur Strohsäcke. Ich habe die freie Wahl.»

«Wollen Sie etwa sagen, dass Sie hier im Stall übernachten?»

«Genau das.»

«Aber Monsieur, warum kommen Sie nicht mit hinüber in den Gasthof?»

«Weil ich es nicht bezahlen kann.»

«Aber deswegen bin ich doch gekommen. Monsieur de Meurville lädt Sie ein.»

«Warum?»

Antoine Wipfel schien erstaunt über so viel Stolz zu sein.

«Was heißt denn hier warum? Wenn es ihm gefällt …»

«Es gefällt ihm, mir ein Bett anzubieten?»

«In der Tat.»

«Er ist sehr großzügig, Ihr Monsieur de Meurville.»

«Und Sie sind sehr misstrauisch», erklärte Wipfel mit Empörung in der Stimme.

«Erfahrung lehrt Misstrauen», sagte Pistoux.

«Seien Sie nicht dumm», sagte Wipfel. «Ein Federbett, weich und warm.»

«Ich habe ein Abendessen gekocht, im Tausch gegen das Recht, bis nach Paris mitfahren zu dürfen. Was soll ich jetzt tun, um mir das weiche und warme Bett zu verdienen?»

«Nichts. Monsieur de Meurville ist Ihnen zugetan. Vielleicht möchte er Ihre Lebensgeschichte hören.»

«Ich bin zu müde zum Erzählen.»

«Herrje, Monsieur! Sie sind, weiß Gott, ein schwieriger Fall. Was um Himmels willen hält Sie denn davon ab, das Angebot einfach anzunehmen?»

«Meine Freiheit.»

«Freiheit?»

«Ich bin keines Herrn Diener. Ich arbeite und werde dafür

entlohnt. Ich lasse mir nicht gern etwas schenken, egal von wem.»

«Sie sind Republikaner, nun gut. Betrachten Sie das Bett als Lohn für Ihre Erzählungen. Monsieur de Meurville wird sie zweifellos hören wollen.»

«Meinetwegen.»

«Na endlich. Kommen Sie.» Wipfel schien geradezu erleichtert zu sein.

«Ich muss nur meinen Tornister holen.»

Pistoux trat in den Stall, tastete im Dunkeln nach dem Tornister und ging wieder nach draußen. Dann folgte er dem Sekretär von Monsieur de Meurville in den Gasthof.

Die Gaststube war verlassen.

«Nanu», stellte Antoine Wipfel fest. «Sie sind alle schon zu Bett gegangen.»

Pistoux war erleichtert. Er hatte wirklich keine Lust, irgendjemandem jetzt noch seine Lebensgeschichte zu erzählen.

Es war stockdunkel.

«Warten Sie», sagte Wipfel, «wir nehmen diesen Leuchter hier. Der Wirt spart am Licht.»

Er zündete zwei Kerzen an und hob den Leuchter in die Höhe.

«Dort entlang.» Er deutete auf die Tür, die aus dem Gastraum ins Treppenhaus führte.

Sie gingen über eine enge, knarrende Stiege in den ersten Stock des Gebäudes. Hier oben waren die Decken sehr niedrig und man musste Acht geben, dass man nicht mit dem Kopf gegen einen Balken stieß.

Wipfel ging durch den engen, düsteren Korridor voran und blieb vor einer niedrigen Tür stehen.

«Bitte, hier, Monsieur.»

«Danke.»

«Gehen Sie einfach rein.»

«Ich habe kein Licht.»

«Oh, ja, warten Sie.»

Wipfel bemühte sich umständlich, eine Kerze vom Leuchter zu lösen.

«So, bitte.»

Wipfel reichte ihm die Kerze.

«Danke.»

Pistoux drückte die quietschende Türklinke herunter.

«Gute Nacht.»

«Gute Nacht.»

Pistoux trat vorsichtig über die erhöhte Türschwelle in das Zimmer und schob hinter sich die Tür zu. Das Zimmer war ausgestattet wie alles in diesem Gasthof, vielleicht nur etwas schäbiger. Es gab ein Bett, einen Kleiderkasten und eine Kommode, auf der eine Waschschüssel und ein Wasserkrug standen und ein kleines Handtuch lag, außerdem einen Tisch mit einem Stuhl vor einem Fenster. Auf dem Tisch stand eine Öllampe. Pistoux zündete sie mit Hilfe der Kerze an. Als das Zimmer etwas heller erleuchtet war, sah er, dass fremde Sachen herumlagen: Auf dem Kleiderkasten stand ein geöffneter Koffer, in dem zwei Hemden, ein Nachthemd und eine Hose lagen. Außerdem ein Buch mit den «Memoiren einer Unbekannten». Offenbar war er im Zimmer des verschwundenen Dieners gelandet. Was wäre, wenn der mitten in der Nacht zurückkam und sein Bett fordern würde? Angesichts der dicken, vielversprechend weich und warm aussehenden Daunendecke, die sich über dem Bett wölbte, verwarf Pistoux seine Bedenken. Er setzte sich auf den Stuhl und zog seine Stiefel aus.

Er war entsetzlich müde, aber auch zufrieden, dass er mit bescheidenen Mitteln ein anständiges Essen zustande gebracht hatte, für das er sich nicht hatte schämen müssen.

Er stellte den zweiten Stiefel auf den Boden, stand auf und zog die Jacke aus. Dann trat er zur Waschschüssel, kippte etwas Wasser aus dem Krug hinein und wusch sich Hände und Gesicht mit einem kleinen Stück Seife, das auf dem Handtuch gelegen hatte.

Gerade, als er sich die Hose ausziehen wollte, ging plötzlich die Tür auf und Madame de Lambrusse huschte herein.

Pistoux sah sie erstaunt an.

Sie schloss die Tür hinter sich und setzte dann einen überraschten Gesichtsausdruck auf.

«Oh, Monsieur, das ist Ihr Zimmer?»

«Pardon, Madame?»

«Da muss ich mich wohl vertan haben.»

«Durant ist nicht da.»

«Durant? Was meinen Sie ...» Sie tat, als sei sie völlig verwirrt.

Sie trug nichts weiter als ein Nachthemd, das eng genug war, ihre sehr üppigen Formen zur Geltung zu bringen.

Sie blickte sich neugierig um.

«Ach so! Sind das die wenigen Dinge, die der kleine Durant hinterlassen hat.»

«Hinterlassen?»

«Na, er ist doch auf und davon.»

«Ich weiß nicht, was mit ihm ist.»

«Sie wollten gerade ins Bett?»

«In der Tat, Madame.»

«Was für ein schönes Bett», sagte Madame de Lambrusse. «Darf ich?»

Sie schob die Bettdecke zur Seite und setzte sich.

Pistoux sah sie missbilligend an. «Womit kann ich Ihnen dienen?», fragte er ungeduldig.

«Wo er wohl ist?», fragte Madame de Lambrusse.

«Wer?»

«Der kleine Durant. Er ist einfach ohne Abschied verschwunden. Schade, ich fand, er war ein hübscher Junge. Leider sehr schüchtern.»

«Madame, ich bitte um Entschuldigung, aber ...»

Sie wippte auf dem Bett herum: «Sind Sie auch so schüchtern?»

«Pardon?»

Sie kicherte. «Ein stattlicher Mann wie Sie! Ich glaube nicht, dass Sie schüchtern sind.»

«Das steht jetzt nicht zur Debatte, Madame.»

«Seien Sie doch nicht so abweisend, Meisterkoch. Immerhin war ich es, die sie aus dem Stall befreit hat. Ich habe Monsieur de Meurville darauf gebracht, dass er sich auf diese Weise bei Ihnen bedanken könnte. Was sagen Sie dazu?»

«Ich danke Ihnen, aber ich habe nichts verlangt.»

Madame de Lambrusse lehnte sich wohlig zurück. Ihr runder Körper erinnerte Pistoux an eine lüsterne Putte.

«Sollten Sie nicht ab und zu mal etwas verlangen, Meisterkoch?»

«Ich bin müde, ich möchte schlafen.»

«Aaach!», stöhnte sie. «Ich bin auch sooo müde. Ich werde es kaum in mein Zimmer schaffen.»

«Madame, ich bitte Sie.»

Sie lag jetzt quer über dem Bett und streckte die Arme nach ihm aus.

«Bitten Sie mich, um was Sie wollen.» Sie spreizte die stämmigen Beine und wippte mit dem Becken.

Pistoux wurde wütend.

«Madame, ich bitte Sie, verlassen Sie mein Zimmer!», rief er unwirsch aus.

Ruckartig richtete sie sich auf: «Sie unverschämter Kerl!», rief sie aus. «Was bilden Sie sich eigentlich ein. Ich habe Sie für einen Ehrenmann gehalten, aber was Sie da verlangen, ist nicht nur unritterlich, unziemlich und grob, sondern auch anmaßend.»

Sie stand auf, stemmte die Fäuste in die Hüften und lief rot an vor Wut. «Wie können Sie diese missliche Situation bloß derart ausnutzen. Fassen Sie mich nicht an, Sie Grobian!»

Dann pfiff etwas heulend durch die Luft. Glas splitterte, der Wasserkrug zerschellte. Die Porzellanschüssel wurde von der Kommode gefegt und zerbrach.

Pistoux sprang zur Seite. Erst nachdem die Kugeln ihr Unheil schon angerichtet hatten, wurde ihm bewusst, dass es zweimal geknallt hatte. Jemand hatte durch das Fenster in sein Zimmer geschossen.

Madame de Lambrusse schrie laut auf und lief jammernd zur Tür.

«Hilfe! Hilfe! Ein Anschlag!»

Schon war sie draußen auf dem Flur.

Pistoux folgte ihr.

Türen wurden aufgerissen, verstörte Gesichter erschienen, wollten wissen, was passiert sei.

«Man hat auf mich geschossen! Man hat auf mich geschossen!»

Monsieur de Meurville, Antoine Wipfel und Alice Sierpinska sahen sie entgeistert an.

«Es ist nichts passiert», sagte Pistoux. «Das Fenster ist zu Bruch gegangen.»

«Man hat geschossen!», rief Madame de Lambrusse.

«Ist jemand verletzt?», fragte Antoine Wipfel.

Alle verneinten.

«Wo ist Claude?», fragte Monsieur de Meurville.

«Ich geh ihn holen», sagte Antoine Wipfel und lief den Flur entlang, um an Forges Zimmertür zu klopfen.

Nachdem er keine Antwort bekommen hatte, drückte er die Türklinke herunter und trat ein.

Kurz darauf meldete er: «Er ist nicht da.»

«Diese Herberge geht mir auf die Nerven», sagte Monsieur de Meurville. «Wir werden morgen in aller Frühe abreisen! Pierre weiß, welchen Weg wir nehmen. Er wird uns folgen.»

«Keinen Tag länger bleibe ich unter diesem Dach», jammerte Madame de Lambrusse.

Alice Sierpinska nahm sich ihrer an und führte sie in ihr Zimmer. Als die beiden Damen an Pistoux vorbeigingen, empfing er einen hasserfüllten Blick von Madame de Lambrusse. Dann verschwand sie jammernd in ihrem Zimmer.

«Kein Wort mehr. Gehen Sie! Schlafen Sie!», sagte Monsieur de Meurville. «Und vor allem: Löschen Sie das Licht!»

❖ 8 ❖ *HEIMWÄRTS* Zuerst hatte man das Gepäck zum anderen Ufer gebracht, dann die Kutsche über den Rhein transportiert, und zum Schluss waren die sechs Reisenden selbst auf die Fähre gestiegen und hatten sich von einem schweigsamen Fährmann und seinem Gehilfen über den Rhein setzen lassen. Pistoux hatte den Kutscher bei der ersten Fuhre begleitet und ihm gemeinsam mit den Fährleuten geholfen, die Kutsche auf das andere Ufer zu ziehen.

Als Monsieur de Meurville und seine Entourage herüberkamen, machten sie enorm viel Aufhebens angesichts der Tatsache, dass sie nun endlich wieder heimatlichen Boden betraten.

«So ein Unfug», murmelte Hans, der ein kleines Treppchen zum Einsteigen vor die Kutsche gestellt hatte und die Tür aufhielt. «Alles deutsch hier.»

Pistoux wunderte sich, dass sich niemand ernsthafte Gedanken über die Schüsse der letzten Nacht machte. Alle taten, als sei nichts passiert. Nur Carine, die Zofe, warf ihm häufig strenge Blicke zu, als wollte sie ihm Vorwürfe machen, dass er Madame de Lambrusse in sein Zimmer gelassen hatte.

Claude Forge, der zur Zeit des Anschlags nicht auffindbar gewesen war, hatte sich gegen Morgen wieder eingefunden, als sei nichts gewesen. Als Monsieur de Meurville ihn gefragt hatte, wo er denn gewesen sei und ob er nichts gehört hätte, hatte er nur gelacht. Pistoux kam dieser angebliche Schriftsteller inzwischen immer verdächtiger vor.

Die Reisenden stiegen in die Kutsche. Zuerst Madame de Lambrusse, dann Alice Sierpinska, es folgte Monsieur de Meurville, dann Antoine Wipfel, schließlich Claude Forge und zum Schluss Carine. Pistoux war ganz froh, dass er sich nicht mit den sechs Reisenden in den Kutschkasten zwängen musste. Die Kutsche hatte im Fahrgastraum zwar zwei gepolsterte Bänke, auf denen jeweils drei Passagiere einander gegenüber saßen, aber bequem war es nicht. Wenn man den ganzen Tag in einem solchen Gefährt unterwegs war, fühlte man sich am Abend wie gerädert. Pistoux hatte es auch schon erlebt, dass er nach einem Reisetag bei schlechter Wegstrecke trotz der inzwischen üblichen guten Federung der Kutschen eine Menge blauer Flecken bekommen hatte. Auf dem Kutschbock war es auch nicht gerade bequem, aber man hatte genügend Platz und atmete die ganze Zeit frische Luft, während die Gäste im Kutschkasten, wenn sie die Fenster zuließen, wegen der verbrauchten Luft immer müder wurden.

«Steig auf!», rief Hans. «Es geht los!»

Pistoux kletterte auf den Kutschbock.

Hans warf einen Blick nach hinten, brummte missbilligend, als er sah, dass das Treppchen noch auf dem Boden stand.

«Ich mach das schon», sagte Pistoux.

Er stieg ab, hob das Treppchen auf, klappte es zusammen

und schnallte es mit einem Riemen im Heck der Kutsche fest. Als er zurückging, warf er einen Blick in den Fahrgastraum und sah einen lachenden Monsieur de Meurville, der sich offenbar über eine Bemerkung von Claude Forge köstlich amüsierte. Er fing einen ernsten Blick von Carine auf und sah dann ins Gesicht der spöttisch grinsenden Madame de Lambrusse. In diesem Moment kroch Wut in ihm hoch. Diese fette Matrone glaubte ganz offensichtlich, alle Männer lägen ihr zu Füßen oder müssten ihr gefügig sein.

«Kommst du endlich, Jacques?», rief Hans.

«Ja.»

Er stieg auf den Kutschbock, Hans ließ die Peitsche knallen, und es ging los.

«Wie weit werden wir heute kommen?», fragte Pistoux.

«Wir werden die Ebene durchqueren, dann den Hagenauer Forst und heute Abend in einem kleinen Ort am Fuße der Vogesen Halt machen.»

«In einem kleinen Ort am Fuße der Vogesen?»

«Ganz recht.»

«Wir rasten nicht in Weißenburg oder Hagenau, sondern in einem kleinen Ort am Fuße der Vogesen?»

«Ja, die Zeit ist etwas knapp, aber wir werden schon rechtzeitig vor Einbruch der Dunkelheit hinkommen.»

«Wie heißt der Ort?»

«Holtberg.»

«Und warum ausgerechnet dort?»

Hans grinste. «Weil's mir so gefällt», sagte er auf Französisch.

«Oh», sagte Pistoux. «Ich dachte, du seist Deutscher.»

«Hast du gedacht?»

«Ja.»

Hans lachte.

«Aber du bist Franzose wie ich», sagte Pistoux.

«Und wie mein Herr, der Kaiser der Franzosen.»

Hans schob sich die eine Hand in die Jacke und lachte laut auf. Dann beugte er sich mit verschwörerischem Blick zu Pistoux: «Du kannst mich auch Jean nennen.» Dann legte er einen Zeigefinger auf die Lippen. «Aber pssst! Niemand darf es wissen.»

«Warum?»

Hans schwieg, dann verzog er grimmig das Gesicht.

«Die Leute hier in dieser Gegend glauben, sie seien was Besonderes. Bilden sich was drauf ein. Wollen jetzt keine Franzosen mehr sein. So ein Unfug!» Hans blickte jetzt grimmig drein.

«Das Elsass hat doch schon immer zu Frankreich gehört», meinte Pistoux.

«Seit zweihundert Jahren! Jetzt sind die Deutschen einmarschiert und haben ihre lächerlichen Sitten mitgebracht. Das gefällt mir nicht. Ihr Kaiser gefällt mir auch nicht. Napoleon! Das war unser Kaiser!»

Pistoux schüttelte den Kopf: «Alle Napoleons sind tot. Der erste, der zweite, der dritte und der vierte.»

«Es wird ein fünfter kommen! Ganz bestimmt wird ein fünfter kommen.»

Pistoux sah den Kutscher an. Er vertrat eigenartige Ansichten. Meinte er das etwa ernst?

«Darauf trinken wir!», rief Hans.

Er griff in die Innentasche seiner Jacke und zog eine kleine flache Flasche hervor.

«Schnaps», stellte Pistoux fest.

Hans hielt ihm die Flasche hin. «Auf Napoleon den Fünften!»

«Meinetwegen.» Pistoux nahm die Flasche, zog den Korken ab und nahm einen vorsichtigen Schluck. Es war Kirschbrand.

«Trink nur», sagte Hans. «Ich hab genug davon. Außerdem bekommen wir heute Abend noch mehr.»

Pistoux nahm noch einen Schluck. Der Schnaps schmeckte gut, aber er war so scharf, dass er husten musste.

Hans lachte. Er nahm Pistoux die Flasche ab, trank einen weiteren großen Schluck, korkte die Flasche wieder zu und steckte sie in seine Jacke zurück.

«Du wirst sehen», sagte er, «dieses Land wird bald wieder zu Frankreich gehören.»

Und er schob die Hand wieder in den Jackenschlitz, als sei er selbst Napoleon der Fünfte.

Pistoux schwieg. Der Kutscher war ihm ein Rätsel.

Sie durchquerten ein Stück Auwald und erreichten das Ried. Die Ebene erstreckte sich weit Richtung Westen, wo sie sich in eine Hügellandschaft verwandelte, hinter der sich die bewaldeten hohen Berge der Vogesen auftürmten.

Die Straße, der sie folgten, führte nur an wenigen Gehöften vorbei und kaum einmal durch ein Dorf. Die Gegend war dünn besiedelt. Bevor der Rhein in mühsamer Arbeit mit Deichen eingedämmt worden war, hatte es hier mehrmals im Jahr Überschwemmungen gegeben. Der Boden war fruchtbar, aber die Menschen, die ihn bewirtschafteten, hatten sich weiter entfernt auf sicherem Terrain niedergelassen.

Die Sonne hatte schon ihren Zenit überschritten, als Monsieur de Meurville den Befehl gab, zu halten.

Die Reisegesellschaft machte es sich auf einer Wiese unter einer stattlichen Eiche gemütlich. Man aß das Brot, den Käse und die Wurst, die der Wirt vom «Goldenen Anker» den Reisenden mit mürrischem Gesichtsausdruck mitgegeben hatte. Unterwegs, während eines kurzen Halts, hatte Pistoux Äpfel gepflückt, die er nun an die Reisenden verteilte. Als er Carine einen Apfel gab, machte Madame de Lambrusse eine anzügliche Bemerkung, worauf die Zofe einen knallroten Kopf bekam und davonlief. Antoine Wipfel und Monsieur de Meurville lachten, während Claude Forge und Alice Sierpinska einander in stillem Einverständnis ansahen.

Als schließlich alle auf verschiedenen Decken auf dem Boden saßen, sagte Wipfel: «Ich frage mich wirklich, wer Interesse haben könnte, auf Madame einen Schuss abzufeuern.»

Madame de Lambrusse schnaufte entrüstet.

«Oder auf den Koch», sagte Meurville.

«Auf den Koch?», fragte Madame de Lambrusse.

«In dessen Zimmer Sie sich befunden haben, Madame», sagte Forge.

«Ich habe mich in der Zimmertür geirrt», sagte Madame de Lambrusse. «Wollen Sie das etwa anzweifeln, Monsieur?»

«Aber nicht doch», sagte Meurville. «Das ist Ihnen während unserer Reise des Öfteren passiert, meine Liebe.»

«Was wollen Sie damit sagen?»

«Nichts, meine Liebe. Die Tatsache der Häufung eines bestimmten Geschehens macht Sie doch umso glaubwürdiger.»

Madame de Lambrusse dachte eine Weile verdutzt darüber nach und entschied dann ratlos: «Ja, Sie haben wohl Recht.»

«Woher hätte der Schütze auch wissen sollen, dass Sie sich ausgerechnet im Zimmer des Kochs befinden?», fragte Wipfel.

«Ja, eben», sagte Madame de Lambrusse.

«Sehr unwahrscheinlich, dass er dies vorausgesehen hat», sagte Forge.

«Eine rätselhafte Angelegenheit», stellte Meurville fest.

Alle sahen jetzt Pistoux an, der etwas abseits von den Herrschaften und der Zofe neben dem Kutscher saß und diesem Gerede mit wachsendem Missbehagen zugehört hatte.

«Ich bitte um Entschuldigung, wenn ich widerspreche. Aber ich glaube kaum», sagte Pistoux, «dass das Verschwinden Ihres Dieners etwas mit mir zu tun hat, Monsieur de Meurville.»

«Glauben Sie nicht?»

«Nein. Das ist doch ein ganz abwegiger Gedanke. Er wird zweifellos seine Gründe gehabt haben fortzugehen. Vielleicht hat ihm jemand eine Botschaft zukommen lassen oder er wollte jemanden treffen. Vielleicht ist er schon wieder zurück und wundert sich über unsere überstürzte Abreise.»

«So, meinen Sie?», fragte Meurville und blickte Pistoux dabei misstrauisch an.

«Wer sollte ihm eine Botschaft zukommen lassen?», fragte Wipfel neugierig.

«Das weiß ich nicht.»

«Warum machen Sie solche Andeutungen, wenn Sie es nicht wissen?» Wipfels Neugier hatte sich schlagartig in Misstrauen verwandelt.

«Wie kommen Sie überhaupt darauf?», schaltete sich jetzt Claude Forge ein.

«Meine Herren, das sind alles Fragen, die Sie viel besser beantworten können als ich. Ich weiß nichts über den Zweck Ihrer Reise und möchte auch nichts davon wissen.»

«So, so», sagte Monsieur de Meurville, «aber eins steht fest: Man hat auf Sie geschossen, Monsieur Pistoux.»

«Und auf mich!», rief Madame de Lambrusse.

«Aber, meine Liebe, hatten wir uns nicht eben darauf geeinigt, dass der Schuss unmöglich Ihnen gegolten haben kann.»

«Nein?», fragte Madame de Lambrusse verwirrt.

«Ein Zufall, es war alles ein Zufall», beschwichtigte Meurville.

«Aber waren es nicht zwei Schüsse?», fragte Madame de Lambrusse. «Vielleicht hat man den einen doch auf mich abgegeben.»

Monsieur de Meurville seufzte.

«Wer immer geschossen hat, war ein hinterhältiger Schuft», sagte Antoine Wipfel.

«Endlich eine Gewissheit», sagte Claude Forge.

Carine lachte. Sie saß neben Alice Sierpinska, die gerade einen Schmetterling gefangen hatte. Sie ließ den Schmetterling über ihren Handrücken kriechen und summte ein Lied. Der Schmetterling breitete die Flügel aus und flog davon.

⌁ 9 ⌁ VERRÜCKT NACH SAUERKRAUT   Als die Reisenden in Holtberg eintrafen, begann es bereits zu dämmern. Das Dorf war festlich geschmückt. Die Fachwerkhäuser entlang der Hauptstraße waren mit zahllosen Blumen verziert. Hans und Jacques mussten sich auf dem Kutschbock ducken, als sie unter den bunten Girlanden hindurchfuhren, die zwischen den Häusern gespannt worden waren. Auf dem Dorfplatz spielte eine Kapelle. Die Frauen trugen bunte Trachten, farbenfrohe Fransentücher um den Hals und auf den Köpfen Hauben, die aus breiten Bändern geknotet und fächerförmig aufgestellt waren. Die Männer trugen breitkrempige schwarze Hüte, rote Westen mit Fliege und darüber knielange Gehröcke in Blau, Weiß oder Rot. Manche hatten auch einen Dreispitz mit hochgeschlagener Krempe auf dem Kopf.

«Was wird hier denn gefeiert?», fragte Pistoux, als er sich wieder aufgerichtet hatte, nachdem sie eine weitere Girlande passiert hatten.

Hans lachte. «Die Leute hier haben einen seltsamen Ehrgeiz. Sie wollen die Ersten sein, die jedes Jahr das frische *Sauerkraut* fertig haben.»

«Sauerkraut?»

«Ganz recht, Sauerkraut.»

«Was ist denn so Besonderes an Sauerkraut?»

«Den Elsässern ist es ein Heiligtum. Das Sauerkraut schweißt sie zusammen, lieber Jacques.»

Hans lachte laut auf.

Antoine Wipfel beugte sich mühsam nach draußen und rief in Richtung Kutschbock.

«He! Monsieur de Meurville möchte wissen, was hier los ist.»

«S'Sürkrüt esch los», sagte Hans und ließ die Peitsche in der Luft knallen.

«Was?»

«Es wird gefeiert.»

«Das sehe ich auch. Aber was denn?»

«Die Rückkehr von Napoleon dem Fünften», sagte Hans übermütig.

«Wie bitte?»

«Wir sind gleich da, Monsieur. Gedulden Sie sich. Sie werden alle mitfeiern dürfen.»

Der Kopf von Antoine Wipfel verschwand wieder im Wageninnern.

«Was hat das hier denn mit Napoleon zu tun?», fragte Pistoux.

«Das war nur ein Scherz.»

«Sei lieber vorsichtig, sonst wirst du noch entlassen.»

«Und was machen die Herrschaften dann? Dies ist meine Kutsche, das sind meine Pferde. So schnell finden sie niemanden, der sie nach Paris bringt.»

«Für einen Kutscher bist du ganz schön gewieft.»

«Ich bin in einem Jesuitenkloster zur Schule gegangen. Hätte nicht viel gefehlt, und ich wäre Papst geworden.»

«Hans, du bist verrückt!»

«Natürlich bin ich verrückt. Verrückt nach Sauerkraut. Jetzt sind wir da!»

Hans stoppte die Kutsche direkt vor einem Wirtshaus. Wie alle Häuser im Ort war auch dies aus Fachwerk. Allerdings besaß das «Wirtshaus Zum Wilden Eber» wesentlich größere Ausmaße als die meisten anderen Häuser.

Kaum hatten sie gehalten, schob Antoine Wipfel die Tür der Kutsche auf und starrte nach oben zu dem reich verzierten schmiedeeisernen Wirtshausschild, das ein Schwein zeigte, das mehrere Fässer auf der Schnauze balancierte.

«Was ist das hier?», fragte er ungeduldig.

«Hol die Treppe, Jacques», sagte Hans. «Damit die Herrschaften vor lauter Neugier nicht auf die Nase fallen.»

Pistoux stieg vom Kutschbock herunter und stellte die Treppe auf. Hans rief dem Sekretär kurz zu, dass es sich bei diesem Gasthof um das beste Haus im Dorf handelte, und verschwand hinter der großen Eichentür im Lokal.

Antoine Wipfel stieg missgelaunt aus der Kutsche. Er fühlte sich übergangen.

«Wir hätten gut und gerne noch einige Kilometer weiterkommen können. Was ist das hier für ein Kuhdorf?»

«Holtberg», sagte Pistoux.

«Nie gehört, sagt mir nichts.»

In der Tür erschien das rote Gesicht von Madame de Lambrusse.

«Puh», sagte sie. «Es wird wirklich Zeit, dass wir aus diesem rollenden Gefängnis aussteigen.»

Sie hielt Pistoux die Hand hin und stolzierte die Treppe hinunter. Als sie sicheren Boden unter den Füßen spürte, unterzog sie die Fassade des Wirtshauses einer kritischen Betrachtung und sagte: «Sieht nett aus, wirklich nett.»

Monsieur de Meurville folgte ihr. ««Zum Wilden Eber»», las er das Wirtshausschild. «Na, das klingt ja vielversprechend. Warum halten wir ausgerechnet hier?» Er sah Pistoux an.

«Der Kutscher hat es so bestimmt.»

«Der Kutscher? Was bildet er sich ein?»

«Ich glaube, er will nur Ihr Bestes, Monsieur. Hier im Ort findet heute ein Fest statt.»

«Ein Fest? Was für ein Fest.»

«Das Sauerkrautfest.»

«Das Sauerkrautfest?» Meurvilles Gesichtszüge hellten sich auf. Er klopfte seinem Sekretär auf die Schulter: «Donnerwetter! Ein Fest zu Ehren des Sauerkrauts. Donnerwetter!»

«In der Tat eine glückliche Fügung», sagte Antoine Wipfel matt.

Inzwischen waren auch Claude Forge, Alice Sierpinska und Carine aus der Kutsche geklettert und sahen sich um.

Die Wirtshaustür ging auf und ein kleiner drahtiger Wirt erschien mit einem Tablett, auf dem kleine Schnapsgläser standen.

«Willkommen, Herrschaften, willkommen!»

Er verteilte die Gläser unter seinen neuen Gästen. Die Männer tranken sie aus, die Frauen blickten sie skeptisch an.

«Hereinspaziert, Herrschaften, hereinspaziert.»

«Nun denn», sagte Meurville und ging voran. Die anderen folgten.

Zusammen mit Hans machte sich Pistoux daran, das Gepäck abzuschnallen und von der Kutsche zu heben.

«Der Wirt brennt einen ausgezeichneten Kirsch. Wir werden ein paar Flaschen mitbekommen», freute sich Hans.

Sie trugen die Koffer und Taschen ins Wirtshaus und brachten sie den Herrschaften auf die Zimmer. Dann stiegen sie wieder die schmale steile Treppe nach unten und setzten sich an einen der vielen Tische, die mit rot-weiß karierten Tüchern gedeckt waren, auf denen kleine Vasen mit hübschen bunten Blumen standen.

Kaum saßen sie da, brachte der Wirt zwei weitere Gläschen mit Kirschwasser.

«Das ist mein Lieblingswirt», sagte Hans.

«Das kann ich mir denken», entgegnete Pistoux.

«Das Bier kommt gleich», sagte der Wirt und eilte wieder hinter seinen Tresen, um zu zapfen.

Kurz darauf kam er mit drei überschäumenden Krügen und setzte sich zu den beiden an den Tisch. Sie stießen an.

«Ein ganzes Fest nur wegen Kohl», sagte Pistoux. «Das ist schon ein seltsames Dorf.»

«Oh, nein», sagte der Wirt. «Man feiert auch in anderen Orten. Nur sind wir die Ersten.»

«Behauptet ihr jedenfalls», sagte Hans.

«Behauptet es etwa sonst noch jemand?», fragte der Wirt entrüstet.

«Nicht dass ich wüsste.»

«Na, also.»

«Was ist denn so Besonderes an diesem sauren Kohl?», fragte Pistoux.

Die beiden Männer sahen ihn verblüfft an.

«Was das Besondere ist?», fragte Georges.

Hans lachte. «Tja, was ist das Besondere, Herr Wirt?»

«Wenn er's nicht weiß, wie soll er's dann verstehen», sagte der Wirt.

«Ich weiß nicht mal, was das ist.»

Die beiden Männer blickten Pistoux verstört an.

«Wie? Er weiß nicht, was Sauerkraut ist?», fragte der Wirt.

«Er kommt aus Nizza», sagte Hans. «Da gibt es kein Sauerkraut.»

«Kein Sauerkraut in Nizza?»

«Ganz recht.»

«Gehört Nizza nicht zu Italien?»

«Napoleon hat es nach Frankreich geholt.» Hans zwinkerte Pistoux zu.

«Tatsächlich?», wunderte sich der Wirt.

«Ihr wollt mir also nicht sagen, was es mit eurem Sauerkraut auf sich hat?», fragte Pistoux.

«Doch, doch», versicherte Hans. Dann hielt er inne und sah den Wirt an. «Erklär's ihm kurz und knapp, Georges.»

«Ganz einfach», sagte der Wirt. «S'Sürkrüt esch s'sürkrüt.»

«Was?»

«Sauer gemachtes Kraut eben.»

«Sauer gemacht? Wie denn? Mit Essig?»

Die beiden Elsässer sahen Pistoux entgeistert an: «Essig? Gott bewahre!»

«Es wird von selbst sauer», sagte Hans.

«So so.»

Plötzlich sagte eine Stimme hinter ihnen: «Darf ich helfen?» Es war Claude Forge. In der Hand hielt er ein in Leder gebundenes kleines Büchlein und las daraus vor: «Man konserviert das Sauerkraut vorzugsweise in Fässern, die Essig, Wein oder eine andere säurehaltige Flüssigkeit enthielten. Man schneidet den Kohlkopf in Scheiben, indem man ihn auf einer Art Raubank hobelt. Sie breiten auf dem Fassboden ein Bett von Meersalz aus und darauf eine Schicht von Ihrem in Bänder geschnittenen Kohl. Sie streuen darüber eine Hand voll Wacholderbeeren oder Kümmel, um ihn zu aromatisieren. Dann fahren Sie fort, Schicht auf Schicht auf die gleiche Weise hineinzutun, bis das Fass voll ist. Sie decken das letzte Bett aus Salz mit großen grünen Kohlblättern ab, auf die Sie ein großes feuchtes Tuch und einen ziemlich schweren Fassdeckel legen. Die so zusammengedrückten Köhle sondern ein stinkendes, saures, schmutziges Wasser ab, das man durch einen Hahn abzieht und durch eine neue Salzlauge ersetzt, bis kein weiterer Gestank mehr entsteht. Genügt Ihnen das als Antwort?»

«Besser hätte ich es nicht ausdrücken können», sagte Hans.

«Ein Buch über Sauerkraut?», wunderte sich der Wirt.

«Wer hat das geschrieben?», fragte Pistoux.

«Der große, berühmte und unvergleichliche Alexandre

Dumas. Der Mann, dem kein Thema zu anrüchig war, darüber nicht wohlgesetzte Worte zu verlieren.»

«Alexandre Dumas haben meine Jesuiten nicht gemocht», sagte Hans.

«Ein bedeutender Mann», sagte Forge. Dann deutete er spöttisch eine Verbeugung an und ging nach draußen.

«He, Wirt!», ertönte kurz darauf die Stimme von Antoine Wipfel.

Der Angesprochene drehte sich seufzend um.

«Ihr serviert heute Abend Sauerkraut?», fragte Meurvilles Sekretär.

«Wenn's sein muss. Aber alle essen heute gemeinsam auf dem Dorfplatz.»

«Nein, nein, das ist nichts für Monsieur de Meurville und die Damen. Wir werden hier speisen.»

«Sehr wohl, mein Herr.»

«Gut.»

«Ich werde Ihnen Sauerkraut servieren. Bier, Wein und Schnaps haben wir auch im Überfluss.»

«Es soll Euer Schaden nicht sein. Und jetzt sorgt für Ruhe. Die Damen wollen ein Nickerchen machen.»

Damit drehte sich Antoine Wipfel wieder um und ging die Treppe nach oben.

«Mir scheint, die Herren machen auch erst mal ein Nickerchen», sagte Hans.

«Die heutige Etappe hat sie sehr erschöpft», sagte Pistoux.

«Und was ist mit dir?», fragte Hans.

«Ich bin neugierig.»

Hans hob die Hand. «Hörst du das?»

Man hörte eine Fanfare, dann einen Trommelwirbel, dann eine Blaskapelle, die einen Marsch spielte. Die Musik entfernte sich.

«Es geht los. Hast du Hunger?»

«Ja.»

«Komm mit.»

Sie standen auf, verabschiedeten sich von Georges und traten nach draußen auf die Straße, wo die Bewohner des Dorfes aus den Türen ihrer hübsch dekorierten Fachwerkhäuser traten und zum Dorfplatz strömten. Dort waren unter Girlanden und Lampions Tische und Bänke in langen Reihen aufgestellt worden. Es gab einen Tanzboden und einen langen Tresen, an dem Essen sowie Wein und Bier verteilt wurden. Gerade als Pistoux und Hans den Platz erreichten, kam auch die Blaskapelle, die durch den Ort marschiert war, an. Die Musiker stiegen auf die Bühne neben dem Tanzboden und begannen wieder zu spielen. Schnell waren die Tische und Bänke besetzt von Männern und Frauen, die Teller mit dampfendem Sauerkraut vor sich hatten.

Pistoux blickte sich skeptisch um. Hans lachte und grüßte nach allen Seiten.

«Was macht man mit diesem Kraut. Es wird gekocht?»

Hans schlug ihm leutselig auf die Schulter: «Was blickst du denn so sauertöpfisch drein?» Er lachte wieder. «Es gibt doch nicht nur Kraut und Kartoffeln. Sieh mal.» Er deutete auf die Teller eines Paares am Nebentisch.

«Was ist das alles?»

«Knackwurst, Speck, Schiffala, Bratwurst, Fleischwurst, geräucherte Wurst, geräucherte Schweineschulter, Leberknödel. Das alles gehört zum Sauerkraut.»

Zwei Männer setzten sich gegenüber von Hans und Pistoux an den Tisch.

«Ich sehe nur Fleisch», sagte Pistoux, «und keine Kartoffel.»

«Schweinefleisch in allen Variationen. Das gehört zum Sauerkraut wie das Amen in der Kirche. Vergiss die Kartoffeln. Komm mit. Ich habe einen furchtbaren Hunger.»

Sie standen auf und holten sich einen riesigen Berg Sauerkraut mit einem noch riesigeren Berg Fleisch und Wurst.

Hans machte sich über seine Portion her, als hätte er wochenlang nichts gegessen. Pistoux aß langsam. Tatsächlich, stellte er fest, hatte er in seinem ganzen Leben noch nie Sauerkraut gegessen. Ganz zu schweigen von einer derartigen Menge Fleisch. Damals in Metz waren die Vorräte schon geplündert, bevor die Offiziere in die Verlegenheit gekommen wären, diese volkstümliche Delikatesse zu probieren.

Ab und zu stand Hans auf und holte einen neuen Krug mit Wein, einen Riesling, den er zu Recht in den höchsten Tönen lobte.

Irgendwann waren sie satt und betrunken. Hans hatte es geschafft, zwei hübsche Mädchen an den Tisch zu bitten. Bald wurde getanzt. Pistoux wunderte sich, dass er sich nach den Unmengen von Kraut und Fleisch überhaupt noch bewegen konnte.

Die Zeit verging. Es war schon längst stockdunkel, nur auf dem Dorfplatz war es noch hell, und Pistoux hatte das Gefühl, nicht mehr in der Wirklichkeit, sondern in einem Traum zu leben. Der Wein floss nach wie vor in Strömen, die Kapelle spielte immer noch, wenn auch nicht mehr so präzise wie zu Beginn des Festes.

Schließlich war es weit nach Mitternacht. Die Mädchen hatten sich verabschiedet, und Pistoux saß mit einem völlig betrunkenen, selig vor sich hin lächelnden Hans am Tisch und sah den wenigen noch übrig gebliebenen Paaren beim Tanzen zu. Und plötzlich entdeckte er neben einem Tisch ganz am Rand des Platzes zwei bekannte Personen, die heftig aufeinander einredeten: Claude Forge und Pierre Durant.

War Durant wieder zurückgekommen? Oder hatte er sich heimlich mit dem Schriftsteller getroffen? Pistoux wollte aufstehen und zu den beiden hinübergehen, aber als er sich vom

Tisch abstoßen wollte, merkte er, dass er kaum noch gerade stehen konnte. Außerdem hielt Hans ihm am Ärmel fest.

«Trink noch ein Gläschen Wein mit mir, Jacques», murmelte der Kutscher mit geschlossenen Augen.

«Hans», sagte Pistoux, «lass mich los.»

«Nein.»

Pistoux fiel wieder auf die Bank zurück.

«Du bist betrunken», sagte Hans.

«Wie kommen wir jetzt in den Gasthof zurück?»

Pistoux kniff die Augen zusammen, um zu erkennen, was Durant und Forge machten.

Die beiden Männer verließen jetzt eilig den erleuchteten Bereich des Dorfplatzes und verschwanden in der Dunkelheit.

«Los», sagte Pistoux zu Hans, «leg deinen Arm um meine Schulter. Wir gehen.»

«Jetzt schon?»

◡ **IO** ◠ *IM ZWIELICHT* Am nächsten Morgen drängte Monsieur de Meurville zeitig zum Aufbruch. Pistoux musste Hans im Morgengrauen aus dem Bett werfen. Der Kutscher war bis auf die Stiefel noch komplett angezogen und wehrte sich mit Händen und Füßen. Dann stand er endlich auf und nahm einen Schluck Kirsch aus seiner kleinen Flasche, übergoss sich den Kopf mit kaltem Wasser, zog seine Stiefel an und eilte nach unten, wo er in die Hände klatschte und so tat, als hätte er es sehr eilig.

Pistoux half Hans beim Einspannen der Pferde und geriet beim Aufschnallen des Gepäcks trotz der kühlen Morgenluft gewaltig ins Schwitzen. Wenig später saßen die Reisenden in der Kutsche, und Pistoux half Hans, der etwas unsicher auf den Beinen war, beim Hinaufklettern auf den Kutschbock.

Die Wirtsleute brachten ihnen noch einige Brezeln, die sie dankbar annahmen, dann ging es los. Hans ließ ungelenk die Peitsche knallen und fiel beinahe hintenüber, als die Pferde anzogen. Dann trabten sie durch den Ort, der zu dieser frühen Morgenstunde wie ausgestorben wirkte. Nur der Tanzboden, die Tische, Stühle und Girlanden deuteten darauf hin, dass gestern hier ein rauschendes Fest gefeiert worden war.

Kaum hatten sie den Ort verlassen, fiel Hans der Kopf nach vorn auf die Brust und er begann laut zu schnarchen.

Na großartig, dachte Pistoux, nun sitze ich hier allein, habe keine Ahnung, wie man eine Kutsche mit vier Pferden lenkt, und weiß noch nicht einmal, wo es langgeht. Einstweilen tröstete er sich damit, dass es ohnehin nur geradeaus ging.

Kurz bevor er eingenickt war, hatte Hans Pistoux erklärt, dass sie auf dem Weg nach Metz eine Abkürzung durch ein hügeliges, waldreiches Gebiet nehmen würden.

Pistoux grübelte darüber nach, was er letzte Nacht gesehen hatte. Hatte Forge sich wirklich mit Durant getroffen? Wenn ja, warum war Durant dann nicht zur Reisegesellschaft gestoßen? War er schon wieder weitergeritten? Was hatten Durant und Forge am Rand des Fests miteinander besprochen? Noch immer war Pistoux völlig unklar, ob der Tote in der Scheune etwas mit dieser Reisegesellschaft, insbesondere mit Pierre Durant zu tun hatte. Und je mehr er auch darüber nachgrübelte, er kam zu keinem Ergebnis, was die Schüsse in der Herberge «Zum Goldenen Anker» betraf. Dass jemand auf ihn geschossen haben könnte, kam ihm vollkommen unsinnig vor. Aber warum sollte jemand Madame de Lambrusse umbringen wollen? Hatte es sich womöglich nur um einen Warnschuss gehandelt? Wer sollte dann gewarnt werden?

Pistoux schwirrte der Kopf. Neben ihm schnarchte der Kutscher. Auch er selbst wurde immer müder. Einige Male nickte er ein und träumte kurze wirre Träume, in denen seine

Mitreisenden wie Gespenster mit grellen Fratzen auftauchten und versuchten, sich gegenseitig umzubringen.

Die Kutsche durchquerte eine Ebene mit abgeernteten Feldern. Dann führte der unebene Weg sie durch einen Wald aus Eichen und Buchen. Pistoux schreckte auf, als die Schatten der Bäume auf die Kutsche fielen. Er sah einen Auerhahn, der sich am Rande einer Lichtung über ein Feld aus Heidelbeersträuchern hermachte.

Sie verließen den Wald und durchquerten eine Ebene, in der zahlreiche Bohrtürme standen. Die Luft roch nach Petroleum.

«Geht es nicht schneller?», rief Antoine Wipfel, sicherlich im Auftrag seines Herrn, nachdem er sich aus dem Kutschfenster gebeugt hatte.

Pistoux stieß Hans den Ellbogen in die Seite.

«Schneller», sagte er.

Hans richtete sich hastig auf und ließ die Peitsche knallen. Die Pferde liefen schneller.

«Was sind das für Türme?», fragte Pistoux.

«Erdöl», sagte Hans mit grimmigem Gesichtsausdruck. «Ein kostbarer Stoff. So kostbar, dass die Deutschen sich die Ölfelder unter den Nagel gerissen haben.»

Sie verließen die Ebene und kamen in hügeliges Gebiet. Zwischen Weinbergen hindurch ging es langsam hinauf in die Vogesen.

Bald durchquerten sie einen dichten Kiefernwald. Mehr als einmal musste Pistoux Hans die Zügel abnehmen, weil der im Begriff war, sie einfach aus den Händen gleiten zu lassen, was die Pferde dazu animierte unruhig zu werden. Das wiederum bescherte den beiden Männern auf dem Kutschbock Proteste der Reisenden.

Als die Kutsche wieder einmal leicht vom Weg abkam und ordentlich durchgeschüttelt wurde, beugte sich Meurville persönlich aus dem Fenster und brüllte: «Wollt ihr uns umbringen, ihr Narren?»

Hans schien sich über die Proteste und die unruhige Fahrt keine großen Gedanken zu machen. Er trank Kirsch und summte vor sich hin, wenn er nicht wieder eindöste.

Sie verließen den Wald und fuhren hinunter in ein Tal, überquerten einen Bach, und schon ging es auf der anderen Seite wieder hinauf in einen noch dunkleren Wald. Allmählich gelangten sie immer höher in die Vogesen. Der Weg wurde steiniger, schmaler und schlechter. Ab und zu sahen sie auf vereinzelt aufragenden Gipfeln aus Buntsandstein verfallene Ruinen mittelalterlicher Burgen. Manche wirkten romantisch, andere ließen Pistoux bei ihrem Anblick frösteln, wenn er sich vorstellte, dass einst dort Menschen in den kalten Gemäuern gehaust hatten. Vielleicht fröstelte er aber auch, weil inzwischen ein kühler Wind von Westen her aufgekommen war.

Sie erreichten eine Hochebene und rasteten im Windschatten einer Klosterruine.

Meurville war mit dem Reisetempo unzufrieden und verlangte lautstark von Hans, mehr Tempo zu machen.

«Wollen Sie einen zweiten Achsenbruch riskieren?», fragte der Kutscher.

«Natürlich müssen wir das riskieren. Wir haben es eilig! Wir müssen nach Metz!»

«An einem Tag haben wir unendlich viel Zeit, am nächsten kann's nicht schnell genug gehen», murmelte Hans. «Da soll sich einer auskennen.»

Trotz der Eile fanden die Reisenden genug Zeit, ein ausgiebiges Picknick zu veranstalten.

Pistoux und Hans mussten eine Kiste aus dem Gepäckraum im Heck der Kutsche herauswuchten und auf den Boden stellen. Dann schloss Carine die Kiste auf, und Pistoux wollte seinen Augen, vor allem aber seiner Nase nicht trauen. Wohlriechende Düfte schlugen ihm entgegen. Die Herrschaften hatten sich ein warmes Picknick mit in die Berge genommen.

«Bravo, Carine», sagte Madame de Lambrusse. «Du hast sicherlich die ganze Nacht kein Auge zugetan.»

«So schlimm war es wirklich nicht, Madame. Manches hat mir die Wirtin aus der Herberge mitgegeben.»

«Dann lass uns doch mal sehen, was wir da alles haben», sagte Madame de Lambrusse und rieb sich begeistert die Hände.

Carine breitete ein großes Tischtuch auf dem Boden aus. Dann hob sie einen Korb mit Brot aus der Kiste. Anschließend einen weiteren Korb mit einer *Tarte flambée*. Das große Stück *Karpfen in Gelee* legte sie behutsam auf eine Porzellanplatte. Es folgte eine große Terrine mit *Presskopf* und als Hauptgericht ein riesiger, dank zahlreicher Tücher, in die er eingewickelt war, noch immer warm dampfender Topf mit *Baeckeoffe*.

«Und zum Nachtisch ein *Kougelhopf*», sagte Carine zufrieden.

«Ein wahres Wunder», sagte Wipfel mit glänzenden Augen.

«Ein richtiges Wunderkind, unsere Carine», sagte Forge.

«Hast du auch an den Wein gedacht, mein liebes Kind?», fragte Madame de Lambrusse.

«Zwei Flaschen Sylvaner und zwei Flaschen Pinot noir», sagte Carine.

«Gebt dem Kutscher und seinem Gehilfen etwas von dem Brot und von dem Presskopf», sagte Monsieur de Meurville, ließ sich neben dem Tischtuch auf den Boden fallen, grapschte nach einer herumliegenden Serviette und schlang sie sich um den Hals.

Pistoux, der die wundersame Vermehrung der Köstlichkeiten mit wachsendem Magengrummeln beobachtet hatte, war erleichtert, dass er und Hans auch etwas abbekommen sollten. Nachdem sich die Herrschaften hingesetzt hatten, servierte Carine mit sicherer Hand die verschiedenen Köstlichkeiten.

Als sie damit fertig war, brachte sie einige Scheiben Presskopf und etwas von dem Karpfen in Gelee zusammen mit Brot und einer Flasche Wein zu den beiden Männern, die sich neben der Kutsche ins Gras gelegt hatten.

«Wie hast du das nur alles so schnell kochen können?», fragte Pistoux.

«Aber ich habe doch nur die Tarte und das Baeckeoffe selbst gemacht», sagte Carine. «Der Bäcker hat den Ofen in aller Frühe angefeuert. Da hab ich ihm zuerst die Tarte gebracht und später war noch genug Zeit für das Fleisch.»

«Und wann hast du geschlafen?»

«Ich schlafe während der Fahrt. Dann muss ich nicht alles mit anhören, was gesprochen wird.»

Pistoux und Hans bedankten sich und schlangen das deftige Essen in sich hinein.

Über ihren Köpfen zogen sich finstere Wolken zusammen. Der Wind heulte heftiger um die Mauern der Klosterruine. Ein gemütliches Picknick wurde es nicht.

Nachdem die Reisenden zum Nachtisch den Kougelhopf verzehrt hatten, fielen die ersten Regentropfen. Pistoux und Hans halfen Carine beim Einpacken und heimsten jeder noch ein dickes Stück Kougelhopf ein, während sich die Herrschaften wieder in die Kutsche setzten.

Hans sah immer wieder nach oben. Die Wolken hatten sich schwarz verfärbt. Dämmriges Zwielicht machte sich breit.

«Es wird ein schlimmes Unwetter geben», sagte er.

Schon wieder, dachte Pistoux. Ich bin wirklich vom Pech verfolgt.

«Schaffen wir es noch bis Metz?», fragte Pistoux.

«Das wird schwierig.»

Sie zogen sich dicke Regenjacken über, die Hans unter dem Kutschersitz aufbewahrte. Und los ging es. Hans ließ die Peitsche knallen, die Kutsche raste über die Hochebene, dann ging es wieder durch einen Wald hinunter in ein menschenleeres Tal, wieder durch einen kleinen Fluss und hinauf zur nächsten Hochebene.

Dort brach das Gewitter los, und in kürzester Zeit war der Boden aufgeweicht.

Hans rackerte wie ein Berserker auf dem Kutschbock, um die Pferde im Zaum zu halten. Es wurde immer schwieriger. Blitz und Donner brachten die Tiere total durcheinander. Der Regen ergoss sich wie aus Kübeln auf die Ebene, und über das Rauschen des Regens und dem Wiehern der Pferde war es kaum noch möglich, sich zu verständigen. Die Kutsche schwankte hin und her, da die Wegstrecke immer schlammiger wurde. Pistoux hatte das Gefühl, dies alles schon einmal erlebt zu haben, nur aus einer anderen Perspektive.

Wieder ging es hinab in ein enges Tal, und nun machten die Pferde nicht mehr mit. Sie brachen aus, ließen sich nicht mehr bremsen, zogen die Kutsche den schlammigen Weg hinab, und trotz aller Bremsversuche von Hans und Pistoux rutschte die Kutsche in einer Kurve aus der Bahn und kippte seitwärts in den Morast. Die Pferde hatten sich losgerissen und rannten weiter, sinnlos getrieben von ihrer Angst, und verschwanden um einen Felsvorsprung.

Pistoux und Hans waren vom Kutschbock in die Böschung geschleudert worden. Nun lagen sie im Gestrüpp und hörten die Hilfeschreie der Reisenden in der umgekippten Kutsche.

Pistoux war als Erster wieder auf den Beinen. Er half Hans beim Aufstehen.

«Was jetzt?», fragte er den vor Schmerzen stöhnenden Kutscher.

«Da!», rief Hans und deutete den Hang auf der anderen Seite des engen Tals hinauf.

«Was?»

Ein greller Blitz durchschnitt den schwarzen Himmel. Pistoux sah eine Felswand, die endlos weit nach oben ragte, und ganz oben ein altes Gemäuer mit Türmen und Zinnen.

«Da müssen wir hin.»

«Was ist das?»

«Eine Burg.»

«Ist sie bewohnt?»

Jetzt begann es zu hageln. Blitz und Donner wechselten sich in kurzen Abständen ab. Der Wind heulte auf. Es wurde bitterkalt.

«Wir müssen da hin», sagte Hans.

Hinter ihnen ertönte die wütende Stimme von Monsieur de Meurville: «Wollt ihr Faulenzer uns nicht endlich befreien?», brüllte er.

⌁ II ⌁ BURG ROTTENSTEIN   Wie durch ein Wunder war niemand ernstlich verletzt. Nachdem Pistoux und Hans den Reisenden geholfen hatten, aus der umgestürzten Kutsche herauszuklettern, begann die hektische Suche nach Mänteln und Umhängen. Der eiskalte Wind peitschte auf die Reisegesellschaft hernieder, erbsengroße Hagelkörner prasselten auf ihre Köpfe. Die Damen behalfen sich zunächst mit Wolldecken, bis Antoine Wipfel und Claude Forge die Regenumhänge aus dem Gepäck gezerrt hatten.

Währenddessen suchten Pistoux und Hans die Koffer und Kisten zusammen, die beim Unfall der Kutsche heruntergeschleudert worden waren. Monsieur de Meurville betrachtete das Treiben mit grimmiger Miene.

«Du willst doch nicht allen Ernstes behaupten, Kutscher, dass wir diesen Berg hinaufklettern sollen.»

«Monsieur, uns bleibt keine andere Möglichkeit.»

«Ihr müsst auf der Stelle die Kutsche wieder fahrtauglich machen!»

«Unmöglich, Monsieur. Das würde mindestens einen Tag lang dauern, wenn nicht länger. Und dann bei diesem Wetter? Ohne Ersatzteile? Wir haben keine andere Möglichkeit, als zunächst auf der Burg Schutz zu suchen.»

Pistoux wunderte sich über Hans. Der Kutscher hatte den Defekt an der Kutsche kaum in Augenschein genommen. Trotzdem war er sich sicher, dass eine Reparatur nicht in Frage kam.

Nachdem die Reisenden mit Umhängen, Mänteln und Hüten ausgestattet waren, half Pistoux Hans dabei, die Pferde einzufangen und hinter einem Felsvorsprung anzubinden, nachdem sie dort zu diesem Zweck ein Seil gespannt hatten.

«Jeder nimmt sich eine Tasche mit den nötigsten Dingen, und dann geht's los», sagte Hans.

«Du gibst die Kommandos, Kutscher?», murmelte Meurville. «Das gefällt mir gar nicht.»

Hans senkte schuldbewusst den Kopf.

«Dort hinauf?», rief plötzlich Madame de Lambrusse, die sich die ganze Zeit nicht von der Stelle gerührt hatte. «Niemals! Wir werden nass und schmutzig dort ankommen!»

«Wenn wir nicht gehen, enden wir als eisverkrustete Leichen», sagte Claude Forge mit verzweifeltem Gesichtsausdruck. «Vom Schmutz gar nicht zu reden, Madame.»

«Aber es ist viel zu weit dort hinauf.»

«Ein Pfad führt durch den Wald», sagte Hans. «Die Bäume werden uns vor Wind und Hagel schützen.»

Wieder wunderte sich Pistoux, dass Hans sich hier so gut

auskannte. Dann schüttelte er den Kopf. Was für ein Gedanke! Hans ein Straßenräuber? Das war doch abwegig.

Der Kutscher ging voran. Es folgte Antoine Wipfel mit zwei Reisetaschen. Hinter ihm quälte sich Monsieur de Meurville widerstrebend den glitschigen Waldweg hinauf. Immerhin hatte er nichts zu tragen. Claude Forge trug Alice Sierpinskas kleinen Koffer. Er selbst hatte die nötigsten Dinge in Mantel-, Jacken- und Hosentaschen verstaut. Madame de Lambrusse hatte Carine eine große und schwere Reisetasche in die Hand gedrückt. Pistoux trug zwar schon seinen Tornister, nahm ihr aber dennoch die Tasche ab und bildete hinter den beiden Frauen die Nachhut.

Es dauerte sehr lange. Der Wind heulte zwischen den Kiefern und bog die Baumstämme. Der Hagel verwandelte sich in Regen, aber es schien dennoch immer kälter zu werden. Der Weg führte sie umständlich und verschlungen durch den Wald, um Felsen herum, an jähen Abgründen vorbei. Einmal sahen sie einen Baum samt Wurzeln in den Abgrund stürzen, ein andermal wurde in ihrer unmittelbaren Nähe ein Stamm von einem Blitz gespalten.

Zu Anfang hatte Madame de Lambrusse noch lamentiert, dann gejammert, später war auch sie, wie alle anderen, verstummt. Verbissen erklommen sie den Berg. Nach einiger Zeit hatten sie den Wald hinter sich gebracht. Der Regen ließ nach. Sie stiegen dann zwischen zerklüfteten Felsen hindurch bis zur Burg hinauf, die auf dem nackten Fels thronte.

Inzwischen hatte sich die Dämmerung in Finsternis verwandelt. Viel war nicht zu erkennen, als die Reisenden schwer atmend, frierend und erschöpft vor dem teilweise schon eingestürzten mittelalterlichen Gemäuer ankamen.

«Eine Ruine?», fragte Claude Forge ächzend. «Was sollen wir denn hier?»

«Die Burg ist bewohnt», versicherte Hans.

Schwarze Schatten zeichneten sich vage vom dunklen Himmel ab. Umrisse einer Mauer, die sich die ganze Länge des felsigen Gipfels entlangzog, ein Turm, der steil nach oben ragte, eine Steinbrücke, die über einen Abgrund hinweg zum Tor führte.

«Wer mag hier wohnen?», fragte Antoine Wipfel zweifelnd.

«Wir müssen über die Brücke», sagte Hans. «Einen anderen Weg gibt es nicht.»

Er ging voran.

«Natürlich gibt es keinen anderen Weg», murmelte Meurville mürrisch.

«Zurück», sagte Claude Forge, während er den Turm hinaufstarrte. «Mir wäre lieber, wir gingen einfach zurück.»

«Zurück?», rief Madame de Lambrusse. «Diesen steilen Weg zurück ins Tal? Und dann? Sollen wir erfrieren?»

«Man wird uns hier sicherlich beherbergen», ermunterte Hans die Reisenden. «Sie werden sehen. Dort drinnen wird ein Kaminfeuer brennen, und man wird sich um Sie kümmern.»

«Monsieur», sagte Antoine Wipfel, der jetzt neben Meurville getreten war. «Es hat aufgehört zu regnen.»

«Was wollen Sie mir denn damit mitteilen, Sie Narr?», zischte Meurville. «Dass alles wieder gut ist, die Sonne gleich wieder scheint, die Kutsche repariert ist?»

«Ich, ich …»

«Sie sind ein Narr. Wir sind alle Narren! Und jetzt müssen wir dort hinein, sonst sterben wir hier draußen an unserer eigenen Unentschlossenheit.»

«Bravo», murmelte Forge spöttisch.

«Ein Kaminfeuer», stöhnte Madame de Lambrusse, «ich brauche Wärme.»

Pistoux sah Alice Sierpinska an. Sie stand gefasst neben der nicht weniger gefestigt wirkenden Carine. Die beiden jungen

Frauen starrten den schwarzen Schatten des riesenhaften Gemäuers vor sich an, regungslos und schicksalsergeben.

«Also dann», sagte Meurville. «Lasst uns mal nachsehen, ob es einen Herrn auf dieser Burg gibt. Kutscher, du gehst voran.»

Hans betrat die Hängebrücke, Monsieur de Meurville folgte ihm. Auch die anderen kamen zögernd hinterher.

Sie gelangten unter einen spitzen Torbogen, wo in Kopfhöhe ein schweres eisernes Gitter mit messerscharfen Spitzen herabhing. Sie mussten sich bücken, um darunter durchgehen zu können.

Hans lief voran und verschwand im Innenhof.

Nacheinander duckten sich die Reisenden und tauchten unter dem Tor durch. Pistoux war der letzte. Er nahm sich Zeit, das Tor genauer in Augenschein zu nehmen. Es war kunstvoll geschmiedet und verziert. Er konnte die Umrisse einiger Vögel erkennen. Adler? Falken? Nein, diese Vögel hatten lange Hälse und krumme Schnäbel. Sie sahen hässlich aus. Raubvögel mussten es wohl sein, aber keine edlen, königlichen Jäger der Lüfte, sondern Geier.

Seltsam, dachte Pistoux, als er sich unter dem Gitter hindurchduckte, wer wählt sich denn Geier zum Wappentier?

Er ging weiter. Die anderen waren schon im Innenhof verschwunden.

«Wo ist denn der verdammte Kutscher?», hörte er Meurville mit heiserer Stimme sagen. «He!»

«Dort sind zwei Fackeln», sagte Antoine Wipfel, «das Haupthaus.»

Tatsächlich flackerten auf der anderen Seite des gepflasterten Burghofs zwei Fackeln neben einer breiten Tür. Sie waren noch nicht sehr weit heruntergebrannt, mussten also erst gerade angezündet worden sein, als der Regen aufgehört hatte.

«Hinter den Fenstern ist Licht», rief Madame de Lambrusse. «Meine Rettung!»

In diesem Moment hörte Pistoux hinter sich das Quietschen uralter Scharniere, dann ein lautes bedrohliches Schaben von Eisen auf Stein, dann ein noch lauteres Rasseln, und da merkte er, was gerade geschah: Das Eisentor wurde heruntergelassen.

Pistoux erstarrte.

Mit lautem Krachen rammte sich das schwere Tor mit seinen spitzen Zähnen in den Steinboden. Pistoux roch den Staub, der sich in der Luft ausbreitete, den er aber in der Dunkelheit nicht sehen konnte.

Eben war er noch unter dem Eisentor hindurchgekrochen. Jetzt versperrte es den Weg nach draußen.

Kein Zweifel, sie waren gefangen.

«Was ist los?», rief Meurville.

Pistoux musste husten wegen des Staubs, der ihm in Nase und Rachen stieg.

«Das Tor ... ist ... runter», rief er. «Wir sind eingeschlossen.»

«Wo ist der verdammte Kutscher!», brüllte Meurville.

«Er ist weg», stellte Wipfel fest.

«Eine Falle», ergänzte Forge, «wir sitzen in der Falle.»

«Gottverdammt», murmelte Meurville.

Pistoux trat in den Hof. Die Männer standen ratlos herum. Alice Sierpinska und Carine hatten bereits unter Führung von Madame de Lambrusse den Hof durchquert und standen vor der von den Fackeln erleuchteten Tür. Madame de Lambrusse drückte die schwere, hoch angebrachte, eiserne Türklinke herunter und schob die Tür auf. Ein warmes Licht ergoss sich in den Hof.

«Huhu!», rief Madame de Lambrusse, nachdem sie hineingespäht hatte. «Ein Kaminfeuer!» Sie winkte den Männern, herzukommen.

Die drei Frauen verschwanden hinter der Tür.

Meurville, Wipfel, Forge und Pistoux sahen einander ratlos an.

«Sie werden mir zustimmen, dass der Kutscher uns hintergangen hat», sagte Meurville mit gepresster Stimme.

«Der Gedanke ist durchaus nicht abwegig», stimmte Claude Forge zu.

«So ein Schuft», sagte Wipfel.

«Aber wo ist er hin?», fragte Forge.

«Und wer ist der Herr auf dieser Burg?», fügte Pistoux hinzu.

Monsieur de Meurville schüttelte den Kopf: «Wir haben keine andere Wahl. Wir müssen in die Höhle des Löwen.»

«Dies ist wohl eher die Burg der Geier», sagte Pistoux.

◦ 12 ◦ ℋENKERSMAHLZEIT Madame de Lambrusse stand vor dem Kamin und zog den Regenumhang aus. Neben ihr saß Alice Sierpinska auf einem Hocker und wärmte sich. Carine hatte es sich auf einem Bärenfell bequem gemacht. Die große Halle des Haupthauses wurde vom Kaminfeuer und zahlreichen Fackeln erleuchtet, die in einer Reihe an der Wand hingen. Dazwischen standen mittelalterliche Ritterrüstungen und glänzten im flackernden Lichtschein. Es war warm.

«Ach, ist das herrlich», rief Madame de Lambrusse aus. «Warm, trocken und seht nur den Tisch!»

Mitten in der Halle stand ein langer uralter Eichentisch mit sieben hohen Lehnstühlen. Auf dem Tisch lag eine große weiße Tischdecke, und zwei große Kandelaber beleuchteten zahlreiche Schüsseln und Terrinen, es gab einen Korb mit Brot und einen mit Obst und eine Käseglocke. Vor den Stühlen standen Teller, darauf Suppenteller, daneben Kristallgläser. Blankgeputztes Besteck glänzte, Weinflaschen waren bereits entkorkt worden, Karaffen mit Wasser standen bereit. Meurville und Wipfel starrten den gedeckten Tisch an. Von ihren Mänteln tropfte es auf den steinernen Fußboden.

«Was ist das?», fragte Antoine Wipfel erstaunt.

«Was für eine Frage?», rief Madame de Lambrusse. «Man heißt uns willkommen.»

«In der Tat», sagte Monsieur de Meurville.

«Seht nur! Das Essen ist frisch zubereitet. Man hat uns erwartet!», sagte Madame de Lambrusse begeistert.

«Aber wo ist der Gastgeber?», fragte Meurville und blickte sich um.

Claude Forge war zu Alice Sierpinska getreten und nahm ihr den Mantel ab. Sie bedankte sich bei ihm mit einem Lächeln.

Carine blickte ängstlich zu Pistoux herüber. Er zuckte mit den Schultern. Ihm war die Sache völlig rätselhaft. Und was hatte er überhaupt mit dieser merkwürdigen Reisegesellschaft zu tun? Er war nur zufällig mitgekommen. Was ihn jedoch ernsthaft beunruhigte, war das Verschwinden von Hans. Und wenn man erst mal anfing, sich über etwas zu wundern, hörte es gar nicht mehr auf: Waren sie absichtlich auf diese Burg gelockt worden? Immerhin stand fest, dass sie ganz offensichtlich gefangen waren. Das Eisentor war wohl kaum zufällig hinter ihnen heruntergefallen. Aber eins stand auch fest: Eine Räuberbande würde sich wohl kaum die Mühe machen, ihren Opfern ein üppiges Abendessen als Entschädigung für den beschwerlichen Aufstieg zuzubereiten.

Den gleichen Gedanken schien jetzt auch Monsieur de Meurville zu haben.

«Man meint es offenbar gut mit uns», sagte er zögernd.

«Aber ja, aber ja!», bekräftigte Madame de Lambrusse.

«Vermutlich wird der Gastgeber sich bald zeigen», sagte Antoine Wipfel zuversichtlich.

«Ich habe Hunger», sagte Alice Sierpinska mit leiser Stimme. «Großen Hunger.»

«Das ist ein Wort!», rief Madame de Lambrusse. «Monsieur?» Sie blickte Meurville fragend an.

«Nun, ich denke, unter den gegebenen Umständen darf ich wohl zu Tisch bitten.»

Madame de Lambrusse klatschte in die Hände.

Pistoux fing einen zaghaften Blick von Carine auf. Das uralte, düstere Gemäuer schien ihr unheimlich zu sein. Er zuckte mit den Schultern und stellte seinen Tornister in eine Ecke.

Die Tischordnung ergab sich ganz von selbst. Monsieur de Meurville nahm am Kopfende der Tafel Platz, rechts von ihm machte es sich Madame de Lambrusse bequem, zu seiner Linken setzte sich Alice Sierpinska. Neben ihr dann Claude Forge und ihm gegenüber Antoine Wipfel. Carine und Pistoux saßen am Ende der Tafel, Carine neben Wipfel, Pistoux neben Forge.

Erwartungsfroh blickten die unfreiwilligen Gäste auf die Schüsseln und Terrinen. Pistoux spürte den stechenden Blick von Meurville. Er seufzte innerlich. Wenn man sich einmal untergeordnet hat, ist es schwer, sich aus der Dienerrolle zu befreien.

Carine starrte traurig vor sich hin und wurde von Madame de Lambrusse aus ihren düsteren Gedanken geschreckt.

«Carine, dürften wir wohl trotz deiner großen Erschöpfung deine Dienste in Anspruch nehmen?»

Carine blickte erstaunt auf, schien zuerst nicht zu begreifen und nickte dann.

Gleichzeitig sagte Meurville, an Pistoux gewandt: «Jacques, wären Sie so freundlich …?»

Innerlich verwünschte Pistoux diesen arroganten Herrn, der glaubte, jeden herumkommandieren zu können. Aber er stand trotzdem auf, um Carine beim Servieren zu helfen.

Zunächst machte sich Antoine Wipfel den Spaß, die beiden zu dirigieren.

«Lassen Sie uns erst einmal einen Blick in die Schüsseln werfen», sagte er mit gierigem Blick.

Pistoux und Carine hoben die Deckel und ließen die Herrschaften begutachten, was ihnen ihr unbekannter Gastgeber aufgetischt hatte.

«Eine *Matelote*», erklärte Wipfel den Inhalt des Suppentopfes.

Pistoux hob eine Porzellanhaube an und Madame de Lambrusse klatschte vor Begeisterung in die Hände: «Ich liebe *Gänseleberpastete*.»

Wipfel roch interessiert daran und stellte fest: «Zweifellos mit Trüffel. Man meint es wirklich gut mit uns.»

Über einer großen Servierplatte war eine überdimensionale Haube gesetzt worden, die an zwei großen Henkeln angehoben werden konnte. Pistoux hob sie hoch, und zum Vorschein kamen gebratene *Rebhühner mit Schalotten*. In einer Schüssel daneben fanden sich die dazu passenden *Spätzle au beurre noisette*.

«Ausgezeichnet, ausgezeichnet», freute sich Wipfel.

«Mysteriös, mysteriös», orakelte Forge mit düsterem Blick.

«Ein Schokoladenkuchen!», rief Madame de Lambrusse aus und deutete auf den *Gâteau au chocolat*, der neben dem Korb mit den Früchten stand.

«Ich hoffe, es gibt auch Käse», sagte Meurville und reckte sich, um besser sehen zu können.

Pistoux hob die Käseglocke an.

«Munster», stellte er fest.

Wipfel nahm wieder die Witterung auf. «Gut gereift», stellte er fest.

Madame de Lambrusse fächelte sich Frischluft zu. «Puh!»

Pistoux setzte die Käseglocke wieder ab.

«Na dann», sagte Meurville energisch. «Jacques, servieren Sie!»

Pistoux schluckte den Ärger hinunter und nickte.

«Halt!», rief Wipfel. «Was ist mit dem Wein?»

Meurville seufzte und nickte Pistoux zu. «Er soll probieren.»

«Aber bitte schnell, Monsieur», sagte Madame de Lambrusse und rutschte unruhig auf ihrem Stuhl herum.

Antoine Wipfel ließ sich nacheinander aus allen vorhandenen Flaschen einen Probeschluck einfüllen. Nachdem er probiert hatte, lehnte er sich zufrieden zurück. «Es ist alles vorhanden, was wir zur Ergänzung unserer Mahlzeit brauchen.»

«Wie schön», sagte Madame de Lambrusse. «Können wir dann jetzt …»

«Ein samtiger Gewürztraminer zur Gänseleber, ein ausgewogener Riesling zur Matelote, ein Pinot noir zum Rebhuhn. Zum Munster empfehle ich ein kleines Glas Tokayer und nach dem Kuchen einen Kirschbrand, der sich zweifellos in dieser unscheinbaren Flasche hier verbirgt.» Wipfel schnupperte an einer kleinen Flasche, die er Pistoux aus der Hand gezogen hatte, bevor dieser die Gelegenheit hatte einzuschenken. Dann sah er Pistoux zufrieden grinsend an: «Haben Sie sich das gemerkt?»

Pistoux bemühte sich, ruhig zu bleiben. «Kein Problem, Monsieur.»

«Er ist doch Koch», sagte Forge. «Er kennt sich aus.»

«Ja, ja», sagte Wipfel. «Beim Essen muss nun mal alles seine Ordnung haben.»

Monsieur de Meurville nickte zufrieden vor sich hin.

«Ordnung hin, Ordnung her», schaltete sich Madame de Lambrusse wieder ein, deren Gesichtsausdruck immer gieriger geworden war. «Ich bin hungrig! Das Essen wird kalt!»

«Erstaunlich, dass es so lange warm geblieben ist», murmelte Forge mit süffisantem Lächeln.

Wipfel sah ihn verwirrt an: «Seit wann?»

Forge grinste böse: «Tja …?»

«Carine, Sie servieren die Gänseleber! Jacques, bitte den Wein!», verlangte Meurville. Während Carine die Pastete in Scheiben schnitt, schenkte Pistoux den Gewürztraminer ein.

«Ach! Ich liebe Trüffel», sagte Madame de Lambrusse, als schließlich der Teller mit der Pastete vor ihr stand.

«Dieser Gewürztraminer ist wirklich ausgezeichnet», sagte Wipfel.

«Nicht übel», bestätigte Forge.

Pistoux sah Alice Sierpinska an. Sie blickte schweigend vor sich hin und schien nicht die Absicht zu haben, sich am Gespräch zu beteiligen. Sie schnitt kleine Würfel von der Pastete ab und aß sie langsam und ohne große Begeisterung.

«Das Brot bitte!», verlangte Meurville, und Carine eilte, um ihm das Gewünschte zu bringen.

«Eines muss man den Elsässern lassen», sagte Forge. «Die Erfindung der Gänseleberpastete war eine Leistung.»

«Es waren nicht die Elsässer», sagte Meurville.

«Ein Straßburger Pâtissier …», warf Antoine Wipfel ein.

«Der Mann hieß Jean-Pierre Clause, er war Koch», unterbrach Meurville seinen Sekretär mürrisch.

«Er war der Koch des Marquis de Contades», erklärte Forge. «Hat der Marquis ihn mitgebracht? Das ist mir neu.»

«Was spielt das für eine Rolle …», murmelte Madame de Lambrusse mit vollem Mund. Sie hatte den Teller schon leer gegessen und winkte Carine zu, ihr noch etwas aufzutun.

«Selbstverständlich hat der Marquis seinen Koch mitgebracht», stimmte Wipfel seinem Herrn eilig zu.

«Natürlich», sagte Meurville. «Der Koch erkannte die hervorragende Qualität der hiesigen Gänseleber und erfand die Pâté à la Contades …»

«… Blätterteig mit einer Farce aus Kalbfleisch und einem Kern aus Foie gras …», ergänzte Wipfel und stöhnte: «Uff, mir scheint, diese Pastete ist recht fett.»

«Eine Leckerei, mein Lieber», sagte Madame de Lambrusse.

Wipfel trank einen großen Schluck Wein. «Ich kann mir nicht helfen», sagte er. «Mir bleibt's im Halse stecken.»

«Die Anstrengung hat Euch den Appetit verdorben», sagte Madame de Lambrusse mit mitleidigem Blick. «Bei mir ist's gerade anders herum.»

«Man muss etwas Brot dazu essen», sagte Meurville.

«Die Pâté à la Contades hab ich zum ersten Mal in Paris gegessen», sagte Forge.

«Dieser Koch war zweifellos geschäftstüchtig, er hat seine Pastete in alle Welt verkauft …», gab Meurville zu.

«Sogar Ludwig XVI. soll begeistert gewesen sein», sagte Forge.

«Ludwig XVI.? Der war leicht zu begeistern.»

«Eigenartig», sagte Antoine Wipfel. «Ich habe das Gefühl, schon satt zu sein. Und müde.»

«Was ein Glück für Euch, dann müsst ihr Euch nicht weiter anstrengen», sagte Forge.

«Dort drüben ist eine Chaiselongue», sagte Wipfel. «Ich werde mich kurz hinlegen.»

«Der Aufstieg ist Euch nicht bekommen, mein Lieber», sagte Madame de Lambrusse und hob den fettigen Zeigefinger. «Ich hingegen habe das Gefühl, noch nie einen derartig unbarmherzigen Appetit verspürt zu haben.»

«Habt Erbarmen mit Euch selbst, Madame», spottete Forge. «Wenn ihr Euch an der Pastete satt esst, werdet ihr die anderen Köstlichkeiten kaum mehr schaffen. Da warten noch eine Matelote und nicht wenige Rebhühner darauf, in Eurem gierigen Schlund zu enden.»

Madame de Lambrusse säuberte sich die Finger an einer Serviette. «Ich nehme die Herausforderung an.»

«Bravo», sagte Forge.

Monsieur de Meurville blickte erstaunt zur Chaiselongue, wo Antoine Wipfel gerade begonnen hatte, laut zu schnarchen.

«Soll ich … », fragte Forge.

Meurville winkte ab. «Ach, lasst ihn doch.»

Während die anderen den Fischeintopf verspeisten, wurde Wipfels Schnarchen leiser. Als sie sich über die Rebhühner hermachten, war er still geworden. Der Geruch des vollreifen Munsters weckte ihn nicht aus seinem Schlaf, und als Madame de Lambrusse laut in die Hände klatschte und rief: «Der Schokoladenkuchen! Schnell!», regte er sich nicht.

Schließlich war man beim Obstkorb angelangt, nahm sich Äpfel oder Birnen oder ließ sich, wie Monsieur de Meurville, noch einen Mirabellenbrand einschenken. Antoine Wipfel war verstummt.

Es war Alice Sierpinska, die merkte, dass etwas mit ihm nicht stimmte. Pistoux bemerkte ihren unruhigen, ängstlichen Blick. Er ging zur Chaiselongue, fasste den Sekretär am Arm. Er rührte sich nicht. Er atmete auch nicht mehr.

«Er ist tot», stellte Pistoux fest.

Fünf Augenpaare starrten ihn entsetzt an.

ᜧ **13** ᜧ ÉLSÄSSISCHES ROULETTE Mit einem schrillen Aufschrei fiel Madame de Lambrusse zu Boden. Die anderen sprangen auf.

«Sie auch?», murmelte Claude Forge.

«Wir ... alle?», stammelte Monsieur de Meurville, «... vergiftet?»

Alice Sierpinska und Carine waren bleich geworden und
starrten abwechselnd von dem toten Sekretär zu der regungslos daliegenden Madame de Lambrusse.

Pistoux eilte zu der Frau am Boden und beugte sich über
sie. «Sie wird sich noch erkälten», sagte er und nickte dann
dem düster dreinblickenden Forge zu. «Helfen Sie mir.»

Sie hoben die gewichtige Dame hoch und legten sie auf das
Bärenfell vor dem Kamin. Kurz darauf begann sie schwer zu
atmen und bewegte sich wieder.

«Kein Grund zur Panik», murmelte Meurville vor sich hin.

Forge lachte höhnisch auf: «Kein Grund zur Panik. Sie sind
wirklich ein Spaßvogel, Monsieur.»

«Wir müssen Ruhe bewahren», sagte Meurville. Er starrte
ins Feuer und sah traurig aus.

«Mir scheint», sagte Alice Sierpinska mit fester Stimme,
«man hat uns hierher gelockt, um uns umzubringen.»

Pistoux blickte sie erstaunt an. Sie wirkte nicht mehr ängstlich. War das nun ein Grund, die junge Frau für ihren Mut zu
bewundern, oder sollte er an ihrem Charakter zweifeln? War
sie eine Mitverschwörerin?

«Das macht alles keinen Sinn», sagte Pistoux mehr zu sich
selbst. Dann trat er vor Meurville und fragte: «Was geht hier
vor, Monsieur?»

Meurville lachte hilflos. Dann verdüsterte sich sein Blick:
«Ihnen bin ich weiß Gott keine Rechenschaft schuldig.»

«Mir so gut, wie jedem anderen.»

«Lächerlich! Einem Diener, einem Koch!»

«Sie beharren allen Ernstes in dieser Situation auf Standes-
unterschieden?» Pistoux lächelte bitter. «Nehmen keine Hilfe
an von einem einfachen Bürger?»

«Hilfe», sagte Meurville. «Wie wollen Sie denn helfen?»

«Wir könnten versuchen, den Grund für diese Verschwörung zu finden.»

«Verschwörung? Das ist ja lachhaft.»

«Ein jeder könnte erklären, was ihn bewogen hat, diese Reise anzutreten. Vielleicht gibt es eine logische Erklärung für diese bedrückende Situation.»

«Na, für Sie ist das ja einfach, Monsieur», sagte Forge. «Sie wurden am Wegesrand aufgelesen. Das ist leicht zu erklären.»

«Ist Ihre Teilnahme an dieser Reise etwa nicht einfach zu erklären?», bohrte Pistoux nach.

Forge lachte höhnisch: «Was führen Sie im Schilde, Monsieur?»

«Ich möchte uns allen helfen.»

«Ha?», rief Meurville. «Der Koch als Detektiv!»

Pistoux zuckte mit den Schultern: «Vielleicht sind wir morgen schon alle tot.»

«Unsinn», sagte Meurville. «Wer weiß, woran Wipfel gestorben ist. Wahrscheinlich bilden wir uns hier nur etwas ein, was sich als bloßes zufälliges Zusammentreffen widriger Umstände entpuppen wird.»

«Sie wollen sich absichtlich taub und stumm stellen?»

«Schweigen Sie! Ich sage es nochmal: Ich bin Ihnen keine Rechenschaft schuldig. Im Übrigen kommt es mir vor, als versuchten Sie, unter uns Panik zu schüren.»

«Bravo, Monsieur!», rief Forge. «Ein interessanter Gedanke.»

Pistoux schüttelte empört den Kopf.

«Aber ja», fuhr Meurville begeistert fort. «Woher weiß ich eigentlich, dass Sie nur zufällig zu uns gestoßen sind?»

Pistoux war verblüfft.

Forge lachte: «Es wird immer interessanter.»

«Es war doch Ihre eigene Idee, mich mitzunehmen», sagte Pistoux. «Ich habe es nicht verlangt.»

«Sie sind sehr geschickt. Vielleicht hatten Sie sich das zurechtgelegt, uns mit Ihren Kochkünsten zu betören, um uns dann hierher zu bringen und zu vergiften.»

«Unlogisch», schaltete sich Forge ein. «Entschuldigen Sie, Monsieur. Erstens hätte er uns schon in der Herberge vergiften können, und zweitens hat er das heutige Abendessen nicht zubereitet.»

«Ach was! Er steckt doch mit dem Kutscher unter einer Decke. Und der Kutscher ist an allem schuld.»

«Der Kutscher!», stieß Madame de Lambrusse hervor, die jetzt wieder aufrecht vor dem Kamin saß. «Zweimal hat er uns beinahe umgebracht!»

«Nicht falsch der Gedanke», sagte Forge. «Der Kutscher ist an allem schuld. Aber er ist verschwunden.»

«Es dürfte wohl außer Zweifel stehen, dass der Kutscher unseren heutigen Unfall absichtlich provoziert hat», sagte plötzlich Alice Sierpinska mit glockenklarer Stimme. «Aber er wird diese abscheuliche Intrige wohl kaum allein geplant haben. Ein Plan aber steckt dahinter, das ist doch eindeutig.»

«Bravo, Mademoiselle», sagte Forge. «Doch welcher Plan mag das sein?»

«Man will von uns Lösegeld erpressen», sagte Alice Sierpinska.

Forge deutete auf den toten Sekretär, den während des Disputs keiner anzusehen gewagt hatte: «Dann haben sich unsere Entführer aber ins eigene Fleisch geschnitten. Nun ist die Lösegeldsumme kleiner geworden.»

«Wer behauptet eigentlich, Antoine sei vergiftet worden?», fragte Meurville.

«Aber er ist doch tot», ächzte Madame de Lambrusse und ließ sich von Carine beim Aufstehen helfen.

«Und keiner von uns weiß, woran er wirklich gestorben ist», stellte Forge fest.

«Auf mich hat man geschossen», sagte Madame de Lambrusse. «Haben Sie das schon wieder vergessen?»

Pistoux trat zu dem kleinen Beistelltisch, auf dem die leeren und angebrochenen Weinflaschen standen. Er nahm eine nach der anderen in die Hand und roch am Flaschenhals.

«Und warum nicht auf den Koch?», fragte Forge.

«Auf ihn?», fragte Madame de Lambrusse erstaunt.

Alice Sierpinska runzelte die Stirn: «Will man uns nun umbringen oder gegen Lösegeld eintauschen?»

«So kommen wir zu keinem Ergebnis», stellte Forge fest.

«Was macht er da?» Meurville deutete auf Pistoux.

«Er trinkt», sagte Madame de Lambrusse.

«Nein», widersprach Forge. «Er sucht etwas.»

«Das Gift», sagte Alice Sierpinska. «Der Wein.»

«Mein Gott!», rief Madame. «Gift im Wein? Wir haben doch alle getrunken. Spürt ihr es schon?»

«Unsinn», raunte Meurville.

«Na», rief Forge an Pistoux gewandt, «was tun Sie da?»

Pistoux hob eine Flasche hoch. «Hier.»

«Was ist damit?», sagte Meurville ungeduldig.

«Gift?», fragte Madame de Lambrusse.

Pistoux hob eine zweite Flasche: «Und diese hier. Was fällt Ihnen auf?»

«Auf den Flaschen fehlt das Etikett», erkannte Alice Sierpinska.

Pistoux nickte ihr zu. «Ganz recht. Alle anderen Flaschen haben Etiketten.»

«Lächerlich», stieß Meurville hervor. «Was beweist das schon?»

«Ja, was beweist das?»

«Noch gar nichts», sagte Pistoux ruhig. Er schnupperte nochmal an den Flaschenhälsen. «Es handelt sich um einen Sylvaner und einen Gewürztraminer.»

«Wollen Sie uns mit Ihrer Nase imponieren oder haben Ihre Ausführungen auch noch einen besonderen Sinn?», stichelte Forge.

«Ha!», lachte Meurville, als sei ihm gerade etwas aufgefallen.

«Aus diesen Flaschen», erklärte Pistoux, «wie auch aus dieser hier, ein Pinot blanc, und dieser hier, ein Muscat, hat nur Antoine Wipfel getrunken.»

«Als er den Wein probierte», ergänzte Alice Sierpinska.

«Ach Gott», tönte Madame de Lambrusse.

«Und dieser Wein», Pistoux hielt den Edelzwicker in die Höhe, «wurde vergiftet.»

«Ha!», rief Meurville. «Woher wissen Sie das?»

Pistoux trat mit der Flasche zu ihm und hielt sie ihm unter die Nase. «Was riechen Sie?»

«Fusel.»

Pistoux ging zu Claude Forge und hielt ihm die Flasche hin. Forge roch daran und sagte: «Bittermandeln?»

«So ist es.»

«Fusel, sonst nichts», widersprach Meurville störrisch.

«Eindeutig Gift», sagte Pistoux.

«Elsässisches Roulette», murmelte Forge grimmig. «Wer die richtige Flasche probiert, stirbt.»

«Wieso haben Sie eigentlich nicht den Wein versucht, Pistoux?», fragte Meurville.

«Das war ja wohl nicht meine Aufgabe.»

«Sie haben serviert. Aber Sie haben Wipfel den Wein probieren lassen.»

«Natürlich, alle haben das doch von ihm erwartet», wehrte sich Pistoux verärgert.

«Ha!», rief Meurville. «Für mich beweist das alles nur eins: Monsieur Pistoux ist ein Mitverschwörer!»

Alle sahen ihn erstaunt an.

«Woher wissen Sie, Monsieur Pistoux, dass sich in diesen beiden nicht etikettierten Flaschen Edelzwicker und Sylvaner befinden? Sie haben nicht daraus getrunken, sonst wären Sie womöglich jetzt tot. Sie waren noch nie in dieser Gegend, kommen aus Nizza. Wie wollen Sie da mit bloßer Nase erkennen können, was welcher Wein ist?»

Forge hatte Pistoux die Flaschen abgenommen und roch daran: «Aber er hat Recht. Ein Sylvaner und ein Edelzwicker mit Bittermandelaroma.»

«Natürlich hat er Recht, weil er es wusste!», rief Meurville. «Sie sind entlarvt, Pistoux! Erklären Sie sich!»

Plötzlich hatte Meurville einen Revolver in der Hand.

«Ich werde Sie über den Haufen schießen, Verräter!»

«Dann wird er sich kaum mehr erklären können», sagte Forge.

«Nein, bitte, nicht ...», flüsterte Madame de Lambrusse.

«Das wäre Mord», sagte Alice Sierpinska.

Carine blickte ängstlich von Meurville zu Pistoux.

Pistoux blieb ruhig. «Ich habe während des Festes in Holtberg Gelegenheit gehabt, die verschiedenen einheimischen Weine zu probieren. Sie sind mir im Gedächtnis geblieben.»

«Nur mit der Nase?», zweifelte Meurville.

«Er ist Koch», sagte Forge. «Seine Nase muss geschult sein.»

«Das hat er bewiesen», sagte Alice Sierpinska.

«Im ‹Goldenen Anker› hat er das bewiesen», stimmte Forge zu.

«Ja, ganz recht!», rief Carine aus.

«Bitte kein Blut», jammerte Madame de Lambrusse.

Meurville zielte weiterhin auf Pistoux. «Beweise sollen das sein?»

«Haben Sie bessere Beweise, um mich als Verschwörer zu überführen?», fragte Pistoux.

Meurville schwieg. Dann ließ er die Waffe sinken.

«Irgendjemand spielt ein böses Spiel», sagte er nach einer Weile.

«Der Mann, der auf mich geschossen hat?», fragte Madame de Lambrusse.

«Wer sagt, dass es ein Mann gewesen sein muss?», fragte Forge.

Alice Sierpinska warf ihm einen empörten Blick zu. Forge lachte verlegen.

«Und was ist mit Ihnen?», fragte Pistoux.

«Mit mir?», Forge sah ihn verblüfft an.

«Sie waren zur Zeit des Anschlags im ‹Goldenen Anker› nicht in Ihrem Zimmer. Und Sie haben sich mit Durant getroffen. In Holtberg.»

«Was? Lächerlich!»

«Warum sollte es lächerlich sein? Wo ist Pierre Durant?»

«Er hat uns sitzen lassen.»

«Er hat auf mich geschossen!», rief Madame de Lambrusse.

«Dafür gibt es keine Beweise», sagte Forge.

«Wo sind Ihre Beweise, Pistoux?», fragte Meurville.

«Ich habe gesehen, wie Durant und Forge miteinander sprachen.»

«Zeugen?»

«Der Kutscher.»

«Ein schlechter Zeuge, Pistoux», sagte Meurville und hob den Revolver.

Forge zuckte zufrieden mit den Schultern.

«Jeder von Ihnen kann ein Verschwörer sein», sagte Meurville nachdenklich.

«Jeder!» Er fuchtelte mit dem Revolver hin und her.

«Aber Monsieur …», versuchte Alice Sierpinska ihn zu beschwichtigen.

«Auch Sie, meine Liebe, müssen kein Unschuldsengel sein.

Und Madame, und Carine ...» Der Revolver in Meurvilles Hand zitterte. «Setzen Sie sich an den Tisch!», verlangte er. «Alle! Auf die andere Seite! Los!»

Forge, Pistoux und die drei Frauen taten, was er verlangte. Meurville setzte sich auf einen Stuhl, der weit genug vom Tisch entfernt war, und nahm abwechselnd jeden ins Visier.

Forge starrte ihn unsicher an. Pistoux merkte, wie ihm ein kalter Schauer den Rücken hinunterlief. Madame de Lambrusse stöhnte, Carine blickte ängstlich von einem zum anderen. Nur Alice Sierpinska reagierte kühl.

«So», sagte sie. «Und was tun wir jetzt?»

✌ **14** ✌ *IN DER FALLE* «Wer sind Sie, Monsieur Pistoux?», fragte Meurville.

«Ein argloser Reisender, der in eine Intrige verwickelt wurde.»

«Meiner Ansicht nach haben Sie auf uns gewartet. Sie wollten sich uns anschließen», sagte Meurville.

«Sie drehen sich im Kreis, Monsieur. Es war doch Ihre Idee.»

«Die von Antoine.»

«Wie auch immer. Ich habe mich nicht aufgedrängt.»

«In wessen Sold stehen Sie, Pistoux?»

«In wessen Sold? Ich bin mittellos und auf dem Weg nach Paris.»

«Er hat sich von Anfang an auffallend gut mit dem Kutscher verstanden», schaltete sich Forge ein.

«Ich erinnere mich, dass Sie ständig um uns herumgeschlichen sind, Monsieur», sagte Pistoux.

«Sie haben mit dem Kutscher über uns gesprochen.»

«Natürlich, über was sonst? Wir haben gemeinsam die Kutsche repariert. Dabei haben wir uns unterhalten. Das ist ganz normal.» Pistoux hielt inne und dachte kurz nach. Er war nicht zum ersten Mal in einer solchen Situation. Er musste versuchen, das Gespräch in den Griff zu bekommen. Er wollte endlich herausfinden, was gespielt wurde.

«Ich verstehe gar nicht, um was es hier geht. Müssen wir noch lange hier sitzen bleiben?», fragte Madame de Lambrusse. «Mir ist kalt. Das Feuer brennt ab.»

«Still», sagte Alice Sierpinska.

«Carine!», kommandierte Meurville. «Kümmern Sie sich um das Feuer!»

Carine trat zum Kamin und legte neue Holzscheite auf. Dann blieb sie ängstlich stehen. Sie starrte Pistoux an, als fürchte sie, er könne sich als Verbrecher entpuppen.

«Ich finde es merkwürdig, dass Sie es so eilig hatten. Aber dann, als Sie die Herberge erreicht hatten, schien Ihnen plötzlich alle Zeit der Welt zu gehören», fuhr Pistoux fort.

«Die Kutsche hatte einen Achsenbruch», sagte Meurville.

«Sie hatten keine Eile mehr», beharrte Pistoux. «Sie haben auf jemanden gewartet.»

Meurville lachte: «Sie haben eine erstaunliche Phantasie, Pistoux.»

Pistoux sah Forge an und sagte: «Mich würde interessieren, ob Ihr ehemaliger Mitreisender Pierre Durant einen Bruder hat.»

Forge war verblüfft: «Einen Bruder?»

«Ganz recht», sagte Pistoux. «Vielleicht sogar einen Zwillingsbruder.»

Meurville und Forge blickten ihn erstaunt und verwirrt an. Meurville hob langsam den Revolver und zielte direkt zwischen Pistoux' Augen.

«Ich wusste doch, dass er drinsteckt», zischte er.

Er spannt den Hahn.

Forge hob eine Hand. «Moment! Er muss reden!»

«Ich weiß doch, dass er in dieser Sache drinsteckt», wiederholte Meurville.

«Sie irren sich, was meine Rolle betrifft», entgegnete Pistoux kühl. «Aber Sie haben Recht, wenn Sie befürchten, den Überblick über Ihre Angelegenheiten verloren zu haben.»

«Was wissen Sie von meinen Angelegenheiten?»

Pistoux hob abwehrend die Hände: «Im Grunde nichts.»

Plötzlich stöhnte Meurville laut auf: «Er macht mich wahnsinnig!» Dann brüllte er so laut, dass alle zusammenschraken: «Hören Sie auf, sich über mich lustig zu machen.»

Pistoux atmete tief durch. Jeden Moment konnte Meurville abdrücken. Schweißperlen standen ihm auf der Stirn. Logik zählte für ihn nicht mehr.

Pistoux hielt kurz die Luft an. Dann sagte er: «Durants Bruder ist tot.»

Schweigen.

«Wie?», sagte Forge tonlos.

«Was redet er denn da?», fragte Meurville stockend.

«Ich verstehe überhaupt nicht, wovon hier gesprochen wird», beklagte sich Madame de Lambrusse.

«Still», sagte Alice Sierpinska.

Madame de Lambrusse warf ihr einen erstaunten Seitenblick zu und schwieg.

«Ein Bauer fand ihn in einer Scheune und begrub ihn», erklärte Pistoux so unverfänglich wie möglich. Er wollte vermeiden, dass der unberechenbare Meurville ihn für den Tod verantwortlich machte und Rache übte. Was wusste er schon über das Verhältnis des Toten zu den hier Anwesenden?

«Wer hat ihn umgebracht?», fragte Meurville.

«Umgebracht? Ich weiß nicht, ob er eines gewaltsamen Todes gestorben ist, Monsieur», sagte Pistoux. «Möglicherweise war es ein Unfall.»

«Was für ein Unfall?», fragte Forge.

«Wenn ich mehr wüsste, würde ich Ihnen mehr erzählen.»

«Ein Bauer hat ihn begraben?», fragte Meurville ungläubig. «Wieso ...»

Pistoux zuckte mit den Schultern: «Er hat es getan.»

«Warum?»

«Was hätte er sonst tun sollen? Er wollte keinen Ärger.»

«Aber ...», sagte Madame de Lambrusse empört. «Das darf er doch nicht einfach ...»

«Wie konnten Sie das zulassen, Monsieur?», fragte Meurville. «Ein Landsmann von einem deutschen Bauern verscharren lassen.»

«Warum hätte ich es verhindern sollen?»

«Hat er mit Ihnen gesprochen?», fragte Forge.

«Durant? Nein. Er war ja schon tot.»

«Ist Ihnen nichts Verdächtiges aufgefallen?»

«Ich hatte Fieber, konnte mich nicht bewegen. Das Unwetter ... Ihre Kutsche hätte mich beinahe überfahren ...»

Meurville senkte den Revolver. Er sah müde und ratlos aus. «Wir müssen hier weg», sagte er. «Wir müssen hier weg.»

«Ha!», lachte Forge verächtlich. «Wie soll das denn gehen? Wir sind gefangen.»

«Was für eine entsetzliche Situation», stöhnte Meurville.

«Und so sinnlos», stellte Forge mit abfälliger Geste fest. «So vollkommen sinnlos und vielleicht sogar tödlich.»

«Monsieur Pistoux», meldete sich plötzlich Alice Sierpinska mit fester Stimme zu Wort. «Ich glaube Ihnen kein Wort.»

Verwirrt blickte er sie an: «Wie bitte?»

«In einer Scheune wurde Durant gefunden? Von einem Bauern? Wer war wohl noch in der Scheune? Wer hat wohl dort vor dem Unwetter Schutz gesucht?»

Pistoux starrte sie verblüfft an. «Mademoiselle?»

«Das Unwetter brach am Abend über uns herein, Monsieur. Mag sein, dass Sie uns auf dem Weg begegnet sind, mag sein, dass unsere Kutsche Sie beinahe überfahren hat, das müssen Sie mit dem Kutscher abmachen, mit dem Sie sich ja später trotz allem gut verstanden haben. Aber in der Scheune, in der Durants Bruder Unterschlupf suchte, haben auch Sie Schutz vor dem Unwetter gefunden. Sie haben mit ihm gesprochen. Vielleicht haben Sie ihn sogar ermordet. Was wissen wir schon von Ihnen, Monsieur? Vielleicht sind Sie nur ein Reisender, aber genauso gut können Sie ein Verschwörer sein, der sich bei uns eingeschlichen hat.»

Meurville hatte wieder den Revolver gehoben und zielte auf Pistoux' Brustkorb.

«Verschwörer zu welchem Zweck?», fragte Pistoux.

«Sie haben ihm den Brief gestohlen», stieß Meurville zwischen zusammengepressten Zähnen hervor.

«Still doch!», rief Forge.

«Brief?», fragte Pistoux. «Was für ein Brief?»

«Das müssen Sie doch am besten wissen», sagte Meurville.

«Wenn ich das hätte, was alle suchen, warum bin ich dann hier?»

Meurville und Forge sahen einander ratlos an.

«Ein Pluspunkt für Monsieur Pistoux», stellte Alice Sierpinska fest.

Madame de Lambrusse rutschte auf ihrem Stuhl herum: «Mir ist kalt, darf ich mich nicht wieder zum Kamin ...?»

Alice Sierpinska ließ nicht locker: «Wenn Sie im Besitz des Briefes wären, würden Sie nicht hier sein. Da Sie aber hier sind, müssen wir wohl davon ausgehen, dass Sie an dem Brief interessiert sind.»

«Zum Teufel!», entfuhr es Pistoux. «Ich bin nur zufällig mitgereist! Ist denn das so schwer zu verstehen?»

«Schwer zu glauben», sagte Forge.

Alice Sierpinska blickte lächelnd von Forge zu Meurville: «Da wir nun also wissen, dass wir unsere missliche Lage einem offenbar verschwundenen oder gestohlenen Brief verdanken, wäre ich den Herren dankbar, wenn Sie mir mitteilen könnten, um was für einen Brief es sich handelt und was hier eigentlich für ein seltsames Spiel gespielt wird.» Die letzten Worte hatte sie zornig fordernd ausgestoßen, ihr Gesicht hatte sich verfinstert. Pistoux konnte nicht anders, als ihren Scharfsinn zu bewundern.

«O nein, meine Liebe», sagte Meurville. «Es ist besser für Euch, Ihr wisst nichts von alledem.»

Alice Sierpinska sah ihn böse an: «Sollte ich das nicht selbst entscheiden?»

Plötzlich hob Forge die Arme: «Still!»

«Was?»

«Still doch! Ich höre Schritte!»

«Wo?»

«Draußen.»

Alle horchten.

Tatsächlich knirschten draußen beschlagene Stiefelsohlen im gepflasterten Burghof. «Kommen Sie?», flüsterte Carine. Sie war bleich geworden und zitterte.

«Psst!», machte Alice Sierpinska.

Madame de Lambrusse stöhnte.

Wieder knirschte es.

Meurville sprang plötzlich von seinem Sessel auf, rannte mit dem Revolver in der Hand zur Tür, zog sie wütend auf und lief nach draußen in den Hof.

«Nicht!», rief Forge.

Man hörte wütende Schreie, dann fünf kurz aufeinander folgende Schüsse.

Forge sprang ebenfalls auf, eilte zur Tür und spähte nach draußen.

Wenig später kam Meurville zurück, völlig außer Atem.

«Hab keinen erwischt!», ächzte er.

«Wie viele waren es?»

Meurville zuckte mit den Schultern: «Ein Schatten, zwei Schatten, drei ...?»

Forge sah stirnrunzelnd den Revolver in Meurvilles Hand an.

«Die fünf Schüsse eben», fragte er, «haben Sie die abgegeben?»

«Ja.»

«Dies ist ein fünfschüssiger Revolver.»

«Hätte ich mehr Schüsse gehabt, hätte ich einen erwischt.»

«Mag sein, Monsieur. Haben Sie noch mehr Patronen?»

«Patronen?» Meurville blickte seine Waffe erstaunt an.

«Zum Nachladen.»

«Nein.»

Forge schüttelte traurig den Kopf.

«Was ist?»

«Erinnern Sie sich noch an die Pistole, die ich Ihnen zu Beginn unserer Reise zeigte?»

«Ja, natürlich.»

«Sie wurde mir gestohlen.»

Meurville sah Forge entsetzt an.

Pistoux horchte interessiert auf: «Wann war das, Monsieur?»

«Ich bemerkte es am Tag, als die Schüsse auf Sie und Madame de Lambrusse abgegeben wurden.»

«Aber dann haben wir keine Waffe mehr, um uns verteidigen zu können?», fragte Meurville.

«Mesdames, Monsieur?» Forge blickte von den drei Frauen zu Pistoux.

Alle schüttelten den Kopf.

«In der Tat», stellte Forge fest. «Wir sind wehrlos.»

«O Gott», sagte Meurville.

«Wir sollten Fenster und Türen verbarrikadieren, bevor wir zu Bett gehen», schlug Forge vor.

Meurville nickte eifrig. Pistoux zuckte mit den Schultern. Er war skeptisch, ob das etwas nützen würde. Aber er half mit.

⌁ 15 ⌁ ᴀNGST UND ᴤCHRECKEN «Wir werden doch wohl nicht alle zusammen auf dem Bärenfell schlafen?», fragte Alice Sierpinska, nachdem die Männer mit Stühlen und Tischen die Tür verrammelt hatten.

Madame de Lambrusse kicherte albern.

Meurville, der auf einen Stuhl gestiegen war, um die Stabilität der Fenstergitter zu prüfen, drehte sich um: «Hier kommt keiner rein.»

«Und keiner mehr raus», ergänzte Forge mit finsterer Miene.

«Auf dem Bärenfell?», wiederholte Pistoux erstaunt. In der momentanen Situation ging er eher davon aus, dass es notwendig sein würde, die ganze Nacht wach zu bleiben.

«Was bleibt uns übrig?», sagte Meurville, nachdem er vom Stuhl gestiegen war.

«Hier schlafen?», rief Madame de Lambrusse aus. «Mit einem Toten im Raum?»

Alle Augen richteten sich auf den Leichnam von Antoine Wipfel.

«O nein, nur das nicht», sagte Alice Sierpinska.

«Wir hätten ihn nach draußen schaffen sollen», erwiderte Forge.

«Einfach vor die Tür legen? Aber ...» Meurville hob ratlos die Schultern.

«Ach ist das schrecklich», sagte Madame de Lambrusse.

«Ich ertrage das nicht», sagte Alice Sierpinska. «Mit einem Toten ... die ganze Nacht ...»

«Sollen wir jetzt etwa die Tür wieder freiräumen?», fragte Forge.

«Damit sie die Gelegenheit nutzen und hier eindringen und uns ermorden? Niemals!»

Meurville hob beschwörend die Hände.

Wer ist das nur dort draußen, vor dem er solche Angst hat?, fragte sich Pistoux.

«Ich will, dass die Leiche verschwindet!», rief Madame de Lambrusse.

«Monsieur», sagte Alice an Meurville gewandt, «Sie können doch von uns nicht allen Ernstes verlangen, dass wir mit einem Toten ...»

«Ich ... ich denke nicht ...» Meurville wischte sich den Angstschweiß von der Stirn.

«Unfug!», rief Forge.

«Er hat Recht», stotterte Meurville. «Es ist riskant ... dort draußen ...» Er brach ab.

«Ach was!», rief Forge. «Sollen Sie doch kommen!»

Er ging zur Tür und machte Anstalten, die Möbel beiseite zu räumen.

«Nicht!», rief Meurville.

«Hinaus mit der Leiche!», rief Madame de Lambrusse.

Meurville rannte zur Tür. «Aufhören!»

«Weg!» Forge stieß ihn zur Seite. Meurville taumelte gegen die Wand. Sein Kopf war rot angelaufen.

«Aufhören!», rief er mit erstickter Stimme.

«Unfug, Unfug, Unfug!», schrie Forge. Er schob zwei Stühle beiseite und machte sich daran, den mit Hilfe einiger Holzbänke vor der Tür verkeilten Tisch wieder zu lockern.

«Sagen Sie ihm, er soll aufhören», verlangte Meurville mit flehendem Blick von Pistoux.

111

Pistoux zuckte mit den Schultern. Es ist so weit, dachte er. Jetzt drehen sie durch. Sechs bedrohte Personen in einem Raum mit einer Leiche, eine ganze Nacht. Wie soll das gut gehen?

Forge riss heftig an einer Bank, verlor das Gleichgewicht und strauchelte. Meurville nutzte die Gelegenheit, um sich auf ihn zu stürzen.

«Verräter!», schrie er und packte ihn an der Gurgel.

Pistoux, Madame de Lambrusse und Alice Sierpinska blickten die beiden Kämpfenden, die jetzt über den schmutzigen Boden rollten, entsetzt an.

«So tun Sie doch was», murmelte Alice Sierpinska.

Plötzlich hatte Forge ein Messer in der Hand.

Madame de Lambrusse schrie auf.

Pistoux sprang zu den beiden vor Anstrengung stöhnenden Kämpfer, aber da hatte der wesentlich schwerere Meurville auch schon die Oberhand gewonnen und drückte Forge zu Boden.

«Verräter! Verräter! Ich wusste es!», schrie Meurville.

«Lassen Sie mich los!», würgte Forge.

«Erst das Messer!»

«So tun Sie doch was!», sagte Alice Sierpinska, die plötzlich neben Pistoux stand.

Um was geht es hier eigentlich?, fragte sich Pistoux. Das ist doch reiner Wahnsinn.

Alice Sierpinska beugte sich zu den Kämpfenden hinunter.

«Lassen Sie doch», sagte Pistoux. Er hatte bemerkt, dass Forge aufgab. Das Messer fiel scheppernd auf den Steinboden. Pistoux ging in die Hocke und klaubte es auf, bevor Alice Sierpinska es an sich reißen konnte. Die junge Frau blickte ihn finster an.

«Schluss jetzt!», rief Pistoux. «Messieurs, Sie machen sich lächerlich.»

Forge leistete keinen Widerstand mehr. Beide Männer atmeten schwer.

«Stehen Sie auf!», sagte Pistoux.

Meurville ließ von seinem Widersacher ab und erhob sich. Forge rollte sich zur Seite und blieb liegen. Alice Sierpinska kniete sich neben ihn und legte ihm die Hand auf die Schulter.

«Claude», sagte sie.

In diesem Moment hörten sie die Stimme von Carine hinter sich.

«Eine Treppe führt ins obere Stockwerk», sagte sie. «Dort sind Zimmer mit Betten. Wir müssen nicht hier unten bleiben.»

Alle drehten sich um. Carine stand in einer schmalen Tür, der sie bisher noch keine Beachtung geschenkt hatten. Im Hintergrund sah man den Schatten einer Stiege, die nach oben führte. Pistoux war verblüfft. An das Naheliegendste, nämlich zunächst einmal die Örtlichkeit zu erkunden, hatten sie in ihrer Panik nicht gedacht.

Madame de Lambrusse brach in hysterisches Lachen aus, versuchte es zu unterdrücken und begann heftig zu schluchzen.

«Wir machen uns lächerlich, komplett lächerlich», murmelte Meurville.

«Wirklich eine schlagende Erkenntnis», bemerkte Forge höhnisch. Alice Sierpinska half ihm beim Aufstehen. Er klopfte sich den Schmutz von den Kleidern.

«Still jetzt!», sagte Alice Sierpinska.

Alle schwiegen, bis auf Madame de Lambrusse, der es nicht gelang, ihr Schluchzen zu unterdrücken.

«Ich gehe jetzt schlafen», sagte Alice Sierpinska, nahm ihre kleine Reisetasche, die in einer Ecke mit den anderen wenigen Gepäckstücken gestanden hatte, und ging durch die Tür.

«Madame, kommen Sie.» Carine trat zu Madame de Lambrusse und führte sie ebenfalls durch die Tür.

«Nun», sagte Meurville. «Vielleicht ist es besser, wir gehen alle schlafen.»

«Ist mir auch lieber, still und leise im Schlaf gemeuchelt zu werden», knurrte Forge und folgte den Damen nach oben.

Pistoux blickte auf das Messer in seiner Hand und schob es dann hastig unter seiner Jacke in den Gürtel.

Meurville zuckte mutlos mit den Schultern. «Was sollen wir schon tun? Wir sind Sklaven des Schicksals.»

Auch er stieg die knarrende Treppe hinauf. Pistoux prüfte nochmal die verbarrikadierte Tür. Hinter der Stiege entdeckte er eine weitere Tür, deren Riegel mit einem großen rostigen Schloss gesichert war. Er rüttelte daran. Sie war verschlossen.

Er holte seinen Tornister und ging nach oben. Ein schmaler, von wenigen Kerzen erhellter Flur führte zu den Zimmern. Zwei der niedrigen Türen waren geöffnet. Pistoux nahm sich eine Kerze aus dem Halter an der Wand und trat ins erste Zimmer. Dort stellte er seinen Tornister ab und fand einen Leuchter mit vier Kerzen auf einem Tisch, die er anzündete. Tisch, Stuhl, Bett, Truhe, ein Waschtisch mit Spiegel, eine Kommode, ein Stillleben über dem Kopfende des Bettes, eine Tapete mit winzigem undefinierbarem Muster. Ein pralles Kopfkissen und eine dicke aufgeschlagene Daunendecke lagen auf dem Bett. Es sah einladend aus.

Pistoux spürte eine an Erschöpfung grenzende Müdigkeit in den Knochen. Er schloss die Tür. Ein Schlüssel fehlte. Er trat ans Fenster und versuchte vergeblich, es zu öffnen. Der Fenstergriff fehlte. Er legte das Messer unters Kopfkissen und zog sich aus. Er wusch sich mit dem eiskalten Wasser aus dem Krug, trocknete sich mit dem bereitliegenden kleinen Handtuch ab, löschte alle Kerzen bis auf eine und legte sich ins Bett.

Zwar war er erschöpft, aber dennoch zu angespannt, um

einschlafen zu können. Die Ereignisse des Tages kreisten in seinem Kopf, und die Bilder vermengten sich zu einem einzigen Durcheinander, die Kutsche, das Unwetter, der Marsch durch den Wald, die Burg, Wipfels Leiche, der Kampf der beiden Männer und überall dazwischen das zu einer lügenhaften Fratze erstarrte, lächelnde Gesicht des verschwundenen Hans. Der Kutscher war zweifellos ein Verräter, er hatte die ihm anvertrauten Reisenden einer Mörderbande ausgeliefert. Pistoux spürte ein Gefühl tiefer Enttäuschung, die wie eine eiserne Klammer seinen Brustkorb umfasste und zusammenzudrücken schien. Ihm fehlte die Luft zum Atmen. Das monströse Daunenbett wölbte sich über ihm, sein Kopf versank im allzu weichen Kissen, das Fenster war verrammelt. Sein Herz pochte, ihm wurde heiß. Er rang nach Atem.

Er richtete sich auf. Schritte. Die Dielen draußen im Flur knarrten. Ein schwacher Lichtschein glitt unter dem Türspalt vorbei.

Pistoux sprang lautlos aus dem Bett.

Er öffnete ganz vorsichtig die Tür, spähte nach draußen. Er kam gerade noch rechtzeitig, um zu sehen, wie Alice Sierpinska, einen Kerzenleuchter in der Hand und nur mit einem Nachthemd bekleidet, in einem Zimmer verschwand. Bevor die Tür sich hinter ihr schloss, hörte er ein Flüstern.

Er schlich durch den Flur. Schäbig kam er sich dabei vor angesichts seiner Neugier.

Er blieb vor der Tür stehen und horchte.

«Oh, Claude», hörte er Alice Sierpinska stöhnen.

«Komm», sagte Forge, «komm her, du Luder.»

«Ja», stieß sie mit tiefer Stimme hervor. «Ja!»

«Luder!»

Pistoux hörte ein Klatschen, als würde jemand mit der Handfläche auf nackte Haut schlagen.

Er zog sich peinlich berührt zurück und schloss die Tür hinter sich, um sich wieder ins Bett zu legen.

Doch noch immer konnte er nicht einschlafen. Wieder begann sich das Karussell der Bilder des Tages in seinem Kopf zu drehen. Gesichter, Körper, Bäume, die Burg, die Kutsche, Meurvilles Pistole, Forges Messer, Handgemenge, Liebesgeflüster ...

Er nickte ein, die Kerze war erloschen. Es war stockdunkel.

Wieder das Knarren der Dielen. Er schreckte auf. Die Tür ging auf.

Er griff nach dem Messer unter dem Kissen.

Sie trat ein, schloss die Tür hinter sich und flüsterte: «Pistoux? Pistoux? Ich kann nicht schlafen.»

~ **16** ~ BETTGEFLÜSTER Sie schlüpfte zu ihm ins Bett und schmiegte sich an ihn. Sie trug nichts weiter als ein Nachthemd. Schlagartig waren die Albträume gebannt, die schwere Last auf seiner Brust wurde leichter.

«Carine, Carine», sagte er und strich ihr übers Haar. «Was machst du hier.»

«Du musst mich beschützen. Bitte!»

Sie lehnte ihren Kopf an seine Brust.

«Ja», sagte Pistoux. «Wenn ich nur wüsste, wovor.»

«Vor den anderen.»

«Es wäre alles einfacher, wenn ich auch nur ahnte, um was es eigentlich geht.»

«Politik», flüsterte sie und hob den Kopf, um ihn anzusehen. «Weißt du das denn nicht?»

«Offenbar bin ich der Einzige, der nicht einmal eine Ahnung hat.»

«Armer Jacques.»

116

Sie gab ihm einen verschämten Kuss und legte den Kopf wieder an seine Brust.

«Erzähl mir, was du weißt», sagte er. «Vielleicht finden wir gemeinsam einen Weg aus diesem Albtraum.»

«Monsieur de Meurville ist in Berlin gewesen.»

«Was ist daran ungewöhnlich?»

«Er wollte mit dem Kaiser sprechen.»

«Mit dem Kaiser? Warum?»

«Ich weiß nicht. Aber ich weiß, dass er abgewiesen wurde. Er war sehr wütend.»

«Warum sollte der deutsche Kaiser auch mit Meurville sprechen? Ist er denn eine wichtige Persönlichkeit?»

«Ich glaube nicht, man hat ihn ja abgewiesen.»

«Also konnte er seine Pläne, welche das auch immer gewesen waren, nicht verwirklichen.»

«Vielleicht doch. Er hat mit einem Sekretär des Kanzlers gesprochen.»

«Bismarck?»

«Irgendjemand, der mit Bismarck zu tun hat. Monsieur de Meurville hatte ein Haus gemietet ...»

«In Berlin?»

«Ja. Nur für einen Tag. Er wollte dem Kanzler imponieren. Aber mehr als einen Tag konnte er die Miete nicht bezahlen. Bedienstete konnte er sich nicht leisten. Also hat er die Durants instruiert zu servieren und Madame gebeten, mich auszuleihen ...»

«Die Durants? Beide?»

«Ja.»

«Also hatte ich doch Recht. Der Tote in der Scheune war der Bruder von Pierre Durant.»

«Jean-Paul, ja. Ein Zwillingsbruder.»

«Der eine wurde ermordet, der andere verschwand plötzlich. Was hat das zu bedeuten?»

«Das musst du herausfinden, sonst werden wir diese Burg nicht mehr lebend verlassen.»

«Aber wie denn nur?»

«Du musst uns helfen. Ich habe Angst.»

Er spürte, wie sie zitterte, und strich ihr zärtlich übers Haar.

«Was ist in Berlin noch vorgefallen? Versuch dich zu erinnern!»

«An was soll ich mich schon erinnern? Von dem, was dort gesprochen wurde, habe ich nichts mitbekommen. Ich habe gekocht.»

«Du bist eine gute Köchin.»

Er spürte, wie sie lächelte. «Ach, die Verpflegung für unterwegs, das war doch nichts Besonderes.»

«Man merkt, wenn jemand sein Handwerk versteht, wenn man mit ihm zusammenarbeitet.»

«Das war aufregend, als wir zusammen in der Herberge gekocht haben», sagte sie.

«Ohne deine Hilfe hätte ich Meurville nicht so beeindruckt.»

«Ich wollte ja, dass es dir gelingt, damit du mitfahren kannst.»

Sie schwiegen einen Moment. Wieder strich er ihr übers Haar. Er musste lächeln. Dieses Mädchen war wirklich eine liebreizende Intrigantin.

«Was hast du in Berlin gekocht?», fragte Pistoux.

«Es sollte ja ein Menü aus meiner Heimat sein. Der Kanzler wurde erwartet. Also habe ich mich angestrengt.»

«Daran zweifle ich nicht.»

«Zunächst gab es eine kleine *Munster-Pastete* mit Kümmel und Lauch, dann eine *Quiche au choucroûte* als zweites Hors-d'œuvre und als ersten Höhepunkt *Foie gras en terrine* mit einem kleinen Salat und dazu kleine *Grumbeerkiechle.*»

«Was ist das?»

«Kartoffeln, gerieben und gebraten.»

Pistoux murmelte Zustimmung.

«Es folgten *Forelle in Riesling*, dann *Fleischschnacka de queue de bœuf.*»

«Fleischschnacka?»

«Nudelrouladen mit Ochsenschwanzfüllung.»

«Hmhm.»

«Und als Höhepunkt *Ente mit Kräutern*, dazu *Knepfle*. Das sind Knödel.»

«Ah ja.» Pistoux lief das Wasser im Mund zusammen. Er bekam Hunger. Aber es war nicht nur Hunger nach Essen. Er spürte die Wärme des Mädchens, das sich an ihn schmiegte, roch ihr duftendes Haar.

«Es hieß, Ente sei das Lieblingsgericht des Kanzlers», sagte Carine.

«Bismarck.»

«Ja. Das behauptete Monsieur de Meurville. Aber der Sekretär, der dann kam ...»

«Worüber Meurville zweifellos nicht erfreut war.»

«Nein, später hat er darüber geflucht und alle mit seiner schlechten Laune tyrannisiert.»

«Der Sekretär mochte keine Ente.»

«Du fällst mir ins Wort, Jacques.» Zum ersten Mal nannte sie ihn bei seinem Vornamen.

«Entschuldige.»

«Der Sekretär war begeistert. Er liebte nichts so sehr wie die Ente. Aber er war auch sehr redselig und erzählte, der Kanzler würde immer sagen, die Ente sei ein komisches Tier.»

«Wieso das?»

«Für einen zu viel, für zwei zu wenig.»

«Hm?»

«Und deshalb isst der Kanzler seine Ente lieber allein.»

«Die Deutschen sind große Esser.»

«Das haben wir auf unserer Reise auch bemerkt. Sie glauben, wenn sie nur viel bekommen, dann ist das immer gut.»

«Ein Fehler, den alle unterentwickelten Völker zu machen pflegen.»

«Unterentwickelt?», fragte Carine.

Pistoux spürte jede feine Rundung ihres Körpers, so eng presste sie sich jetzt an ihn.

«Barbaren, wenn man so will.»

«Ach.»

Sie schwiegen. Pistoux bemerkte, dass ihre Hände auf Wanderschaft gingen. Er stöhnte leise.

«Was für ein Dessert hast du zubereitet?», fragte er.

«Zwei», hauchte sie.

«Zwei?» Ihm wurde warm.

«Zwei. Wir wollten doch beeindrucken.»

«Ja.»

«Du bist stark, Jacques.» Er wollte sich rühren, aber er lag zu bequem.

«Erzähl mir von den Desserts, Carine.»

«Ich mag es, wenn du meinen Namen sagst, Jacques», hauchte sie. «Sag's nochmal.»

«Carine.» Er wollte es gar nicht, aber auch er hauchte jetzt ihren Namen.

Sie stöhnte leise.

Er spürte ihre heiße nackte Haut. Ihre Hände waren flink. Er ließ sich gehen.

«*Kirsch-Soufflé*», sagte sie leise.

Er entspannte sich.

«Und?»

«Und *Bienenstich*.»

Plötzlich war sie über ihm.

«Bienenstich?»

«Ja.»

120

Sie bewegte sich sanft hin und her.

Ein letztes Mal versuchte er, Vernunft zu bewahren.

«Wie alt bist du, Carine?», ächzte er.

«Alt genug», sagte sie.

«Nein, ich glaube nicht.»

«Doch ... bestimmt, mein lieber ... Jacques.»

Sie zog mit einer einzigen geschickten Bewegung das Nachthemd über den Kopf.

Dann waren sie beide nackt. Es gab kein Halten mehr.

Irgendwann später, als die Ekstase verebbt war und sie aus schweigsamer Ruhe auftauchten, sagte Carine: «Ein Restaurant in Paris, das ist es, wovon ich träume.»

«Möchtest du nicht hier in deiner Heimat bleiben?»

«Was hält mich schon hier? Und jetzt, wo meine Heimat zu Deutschland gehört ... ich weiß nicht.»

«Und deine Familie?»

«Ich habe schon lange keine Familie mehr.»

«Das tut mir Leid.»

«Ich bin es so gewohnt.»

«Nur frage ich mich», sagte Pistoux, «ob wir mit dieser Reisegesellschaft jemals unser Ziel erreichen werden.»

«Das ist wahr», sagte Carine. «Monsieur de Meurville ändert ständig seine Pläne. Andererseits hat er Madame de Lambrusse und Mademoiselle Sierpinska versprochen, sie nach Paris zu bringen.»

«Das ist seine Tarnung. Er begleitet die ihm anvertrauten Damen, und nebenbei erledigt er, was er erledigen muss.»

Carine gähnte.

«Aber diese Burg ...»

Das Mädchen schlief ganz plötzlich ein.

«... diese verfluchte Burg.»

Pistoux kam sich plötzlich vor wie ein Narr. War er blind und taub? Wie konnte er hier in einer solchen Nacht, in dieser gefährlichen Situation, nachdem dort unten ein Mord geschehen war ... wie konnte er mit diesem Mädchen hier im Bett liegen. Er schüttelte leicht den Kopf und hielt inne. Das Mädchen hatte seinen Kopf auf seine Brust gebettet. Er wollte sie nicht aufwecken und er blieb ruhig liegen. Er konnte nicht einschlafen und wartete darauf, dass der nächste Tag endlich anbrach. Hoffentlich ein Tag, der eine entscheidende Wendung zum Guten brachte.

Nach einer Weile glaubte er, draußen im Korridor ein Knacken und Knarren zu hören.

Die Kerzen mussten längst abgebrannt sein. Aber jetzt bemerkte er einen flackernden Schimmer unter der Tür. Das Flackern näherte sich. Wieder ein Knacken und Knarren.

Er hielt die Luft an. Was sollte er jetzt tun? Carine hielt ihn umklammert.

Ein leises Quietschen. Jemand drückte die Türklinke herunter. Leise knarrend ging die Tür auf.

Eine Kerze. Eine Hand, die die Kerze hielt. Eine Gestalt ganz in Weiß, zu der die Hand gehörte. Eine kleine, aber massige Figur. Es war Madame de Lambrusse.

Sie trat ein. Sie ging langsam und steif, als würde sie schweben. Sie trat neben das Bett und sah Pistoux und das Mädchen an. Ihre Augen hatten einen irrealen Schimmer. Von der Kerze waren zahllose Wachstropfen auf ihren Handrücken getropft und dort erstarrt.

War sie überhaupt wach? Oder wandelte sie im Schlaf umher? Pistoux wagte nicht, sie anzusprechen.

Sie begann zu sprechen. Ohne Betonung, monoton, leblos. «Da liegt ihr also», sagte sie. «Da liegt ihr also. Ein Liebesnest. Schlafen, schlafen, schlafen. Die Vöglein werden aufgeschreckt. Piff paff, schon sind sie tot, piff paff. Der Jäger weint euch keine Träne nach. Wer seid ihr denn, ihr dummen kleinen Tiere? Piff paff, der Jäger kennt keine Gnade. Er hat Hunger. Blut will er trinken, Fleisch will er fressen und die Knochen müssen krachen. Aber vorher werdet ihr gerupft. ihr kleinen Vögelchen, und dir, mein kleines Lämmchen, wird das Fell über die Ohren gezogen. In den Topf mit ihnen, in den Topf. Der Meister möchte Blut schmecken. Drum rührt fleißig herum, sonst nimmt der Herr es euch krumm und macht bumm.» Sie hielt inne. Stand einfach nur regungslos da, und das Wachs tropfte von der Kerze herunter auf ihre Hand. Sie schien den Schmerz nicht zu spüren.

Pistoux war ratlos. Er spürte das Gewicht des Mädchens.

«Fliegt, ihr Vöglein, fliegt! Nach Paris kommt ihr nie! Wir braten euch am Spieß», sagte Madame de Lambrusse und drehte sich um. «Fliegt, ihr Vöglein, fliegt! Nach Paris kommt ihr nie! Wir braten euch am Spieß.»

Sie wiederholte es immer wieder, während sie das Zimmer verließ und in den Korridor entschwand.

Die Tür blieb offen stehen.

Pistoux hörte, wie sie weiter monoton vor sich hin murmelte. Das Murmeln wurde leiser, ebenso das Knarren der Dielen. Wo ging sie hin? Die Treppe hinunter? Was wollte sie dort unten? Sollte er aufstehen und ihr folgen? Aber welchen Sinn sollte das haben? Schlafwandler soll man nicht aufwecken.

Er wollte Carine nicht erschrecken. Er blieb liegen. Irgendwann fiel er in einen tiefen, traumlosen Schlaf.

⌐ **17** ⌐ KEIN ENTRINNEN Als es draußen endlich hell wurde, stieg Pistoux vorsichtig aus dem Bett und ging zum Fenster. Draußen war nichts zu sehen. Alles war eine hellgraue bis weiße Fläche. Nebel. Pistoux seufzte. Nicht nur war er in eine undurchsichtige Verschwörung hineingeraten, jetzt verbündete sich auch noch die Natur mit den Verbrechern und legte einen undurchdringlichen Schleier über die Welt.

Hinter ihm regte sich Carine. Er drehte sich um. Sie schlug die Augen auf und lächelte ihn an. Ein zärtlicher Blick. Sie ist so jung, dachte er. Sie darf nicht sterben. Der Gedanke gab ihm Kraft. Er trat zu ihr. Sie küssten sich.

«Ich muss schnell aufstehen», sagte Carine lachend. «Madame kommt doch ohne meine Hilfe gar nicht aus dem Bett.»

Sie warf die Decke zurück und sprang aus dem Bett.

«Liebster», flüsterte sie und warf ihm einen Handkuss zu.

Dann verschwand sie durch die Tür nach draußen.

Pistoux zog sich an. Dann stand er wieder am Fenster und blickte in den alles verhüllenden Nebel. Nun schälten sich die Umrisse des hohen, runden Wachturms aus dem grauen Schleier.

«Das alles muss ein Ende haben», murmelte er.

Schluss mit dem Katzbuckeln, entschied er. Was zählten jetzt noch Standesunterschiede oder Anstandsregeln? Sein Leben war genauso bedroht wie das der anderen. Sie standen alle auf der gleichen Stufe, Meurville, Lambrusse, Alice Sierpinska, Forge, Carine und er. Sie teilten das gleiche Schicksal, mussten gemeinsam gegen Mörder kämpfen, die im Verborgenen lauerten.

«Die Wahrheit muss auf den Tisch», sagte er laut.

Die Tür ging auf und Carine trat wieder ein. Sie war blass, sah ratlos aus, ein wenig ängstlich.

«Madame ...»

Pistoux lächelte.

«... sie ist weg!»

«Madame de Lambrusse?»

Carine nickte. «Sie ist nicht in ihrem Zimmer.»

Pistoux erinnerte sich an die Erscheinung der letzten Nacht und ihn fröstelte.

«Vielleicht ist sie schon nach unten gegangen», sagte Pistoux.

«Ich war unten. Dort ist sie nicht.»

«Wir werden sie suchen.»

Er folgte Carine ins Zimmer von Madame de Lambrusse. Das Bett war benutzt, natürlich. Sie war eingeschlafen und dann im Schlaf aufgestanden und umhergewandelt.

«Ich muss dir was sagen.» Pistoux fasste Carine am Arm und zog sie zu sich heran.

«Sie war letzte Nacht hier im Zimmer.»

Carine sah ihn entsetzt an: «Wann, wieso, was soll das heißen?»

«Du hast geschlafen. Sie kam herein. Sie wandelte im Schlaf.»

«Sie ist zu uns ins Zimmer gekommen? O Gott!»

«Ich glaube nicht, dass sie uns wirklich bemerkt hat. Sie redete wirres Zeug und verschwand wieder.»

«Hat sie mich gesehen?»

«Sie schlief.»

«Ja, manchmal läuft sie nachts umher. Einmal wäre sie beinahe aus dem Fenster gefallen, ein anderes Mal konnte ich sie gerade noch festhalten, sonst wäre sie eine Treppe hinuntergestürzt. Ihr wird doch nichts passiert sein? Warum hast du sie nicht aufgehalten?»

«Hätte ich sie wecken sollen?»

«Ja, nein, natürlich nicht. Sie in ihr Zimmer führen. Du hättest mich wecken müssen.»

«Ich war unschlüssig. Und dann ging sie wieder. Es war ja nur ein kurzer Besuch.»

«Aber nun ist sie weg. Wir müssen sie suchen. Schnell!»

«Ruhig», sagte Pistoux. «Wir werden die anderen fragen und in alle Zimmer sehen.»

Sie klopften an die Tür von Monsieur de Meurville. Er

schien amüsiert, als sie ihn nach Madame de Lambrusse fragten.

«In meinem Bett ist sie lange nicht gewesen», sagte er.

«Dies ist kein Grund zu scherzen», sagte Carine vorwurfsvoll.

«Ich scherze, wann es mir passt», brummte Meurville.

«Danke, Monsieur.»

Sie gingen weiter.

Carine klopfte an die Tür von Alice Sierpinska. Als sie keine Antwort bekam, drückte sie die Klinke herunter und schob vorsichtig die Tür auf.

«Mademoiselle?», fragte sie vorsichtig.

Sie schob die Tür ganz auf und trat zwei Schritte in den Raum.

«O nein!», rief sie aus. «Wie schrecklich!»

«Was ist?»

«Sie ist nicht da. Das Bett ist nicht angerührt. Sollte sie etwa auch ...» Carine hielt sich erschrocken die Hand vor den Mund.

«Ich glaube, ich weiß, wo sie ist.»

Carine sah ihn zweifelnd an.

«Gehen wir erst mal zur Tür von Monsieur Forge.»

«Forge?»

Pistoux nahm Carine an der Hand und zog sie mit sich.

«Sie ist gestern zu ihm gegangen», erklärte er.

«Was? Zu ihm? Was soll das ...? Aber das ist ja ungeheuerlich!»

«Wirklich?» Pistoux musste lächeln.

«Ja, aber hinter dem Rücken von ...»

«Von wem?»

«Ja, ich weiß nicht ...»

«Mir scheint, so etwas kommt ab und zu vor.»

Carine lachte. «Ja, natürlich.» Sie drückte seine Hand.

Pistoux klopfte an die Tür von Claude Forge.

Es dauerte eine Weile, bis eine verschlafene Männerstimme antwortete.

«Ja? Was denn?»

«Monsieur, öffnen Sie bitte.»

«Was ist denn?»

«Ein Notfall, Monsieur.»

«Wir reden später darüber, Pistoux.»

«Madame de Lambrusse ist verschwunden.»

«Zum Teufel!», fluchte Forge. «Ist denn das zu fassen!»

«Haben Sie sie gesehen, Monsieur?», rief Carine.

Die Tür ging auf.

«Was ist los?», fragte Forge. Er war barfuß und trug nur Hose und Unterhemd, die Haare wirr durcheinander.

«Madame de Lambrusse ist verschwunden. Wir suchen sie.»

«So früh.»

«Unter diesen Umständen ...»

Hinter Forge tauchte das verschlafene Gesicht von Alice Sierpinska auf. Sie trug ein Nachthemd und sah verwirrt aus.

«Was wollen Sie, Pistoux?», fragte sie ungehalten.

«Madame de Lambrusse ist verschwunden.»

«Was soll das heißen?»

«Wir können sie nirgends finden, Mademoiselle», sagte Carine.

«Hier ist sie bestimmt nicht.»

«Mademoiselle, Monsieur», sagte Pistoux jetzt laut. «Sie scheinen sich über den Ernst der Lage nicht im Klaren zu sein. Gestern wurde Monsieur Wipfel ermordet, heute Morgen ist Madame de Lambrusse verschwunden.»

«O Gott! Wipfel!», rief Carine aus.

«Was ...», setzte Forge zornig an.

«Er ist weg!»

127

«Was?»

«Ich war unten. Die Leiche ist weg!»

Auch Monsieur de Meurville stand jetzt plötzlich neben ihnen: «Weg? Was heißt weg?»

«Verschwunden. Mir fällt es erst jetzt ein. Ich war unten ... aber ... ich hab gar nicht bemerkt ...»

«Ziehen Sie sich an», sagte Meurville zu Forge. «Über Ihre anderen Frechheiten sprechen wir später.» Er warf Alice Sierpinska einen finsteren Blick zu.

Dann eilten sie zu dritt nach unten.

Es stimmte, die Leiche von Antoine Wipfel, die sie am Vorabend auf eine Bank gebettet hatten, war verschwunden.

«Die Tür ist immer noch verbarrikadiert», stellte Pistoux fest.

«Die Fenster?» Meurville sah sich um.

«Nein, sie sind vergittert.»

«Aber ...», sagte Carine.

«Es muss einen geheimen Zugang geben», sagte Pistoux.

«Und wir haben uns in Sicherheit gewiegt», murmelte Meurville.

«Aber das ist ja furchtbar», rief Carine. «Und wo ist Madame?»

Pistoux ging zurück in sein Zimmer. Er wollte das Messer unter seinem Kopfkissen hervorholen. Zu seinem großen Erstaunen stellte er fest, dass es verschwunden war. Sie durchsuchten das gesamte Gebäude, aber sie fanden weder Madame de Lambrusse noch die Leiche von Antoine Wipfel, noch einen Hinweis auf ein Eindringen von Fremden. Die kleine Tür hinter der Stiege war nicht geöffnet worden. Das rostige Schloss sicherte noch immer den Riegel. Von außen hatte hier unmöglich jemand hereinkommen können.

«Es muss einen Geheimgang geben», sagte Meurville.

«Vielleicht hat jemand die Leiche in eine der Rüstungen gesteckt», sagte Forge, der jetzt den Raum betrat. Hinter ihm kam Alice Sierpinska die Treppe herunter.

«Was für ein grausiger Gedanke», sagte Carine.

Fünf rostige Rüstungen standen in dem ansonsten nur mit Tischen, Stühlen und Bänken sowie dem Bärenfell vor dem Kamin karg ausgestatteten Raum.

Meurville klappte jedes einzelne Visier der Rüstungen hoch und schaute nach. Die anderen sahen ihm dabei zu.

«Nichts», sagte er.

Carine seufzte erleichtert.

«Es ist kalt», sagte Alice Sierpinska.

«Das Feuer ist aus», sagte Pistoux.

Auf dem Tisch, an dem das Abendessen stattgefunden hatte, standen noch immer die Überreste der üppigen Mahlzeit. Auch die leeren und vollen Weinflaschen waren noch da.

«Ich denke, wir können die Tür wieder aufmachen», schlug Forge vor. «Ob drin, ob draußen, es gibt keine Sicherheit.»

Die Männer schoben die Barrikaden beiseite und öffneten die Tür.

Draußen im Burghof war es noch immer neblig. Der wabernde, undurchdringliche Dunst war sogar noch dichter geworden.

In der Mitte des Hofs konnte man noch den Ziehbrunnen erkennen, aber der runde Turm, den Pistoux von seinem Fenster aus gesehen hatte, verschwand in der träge wogenden weißgrauen Wand der feuchten Wolken, die immer dichter wurden.

«Wir sind im Haupthaus. Dort drüben hinter dem Turm ist die Kemenate, hier links das Wirtschaftsgebäude», sagte Meurville. «Wir müssen überall nachsehen, ob wir etwas finden.»

Die Kemenate war halb verfallen. Die Tür hing schief und morsch in den Angeln.

«Ich seh mal nach», sagte Forge und trat vorsichtig ein.

Nach einigen Minuten kam er wieder heraus.

«Nichts», sagte er. «Halb zusammengefallen, leer.»

Sie überquerten den Burghof.

Meurville blieb neben dem Ziehbrunnen stehen. Er zögerte, dann betätigte er die Kurbel. Es quietschte erbärmlich. Langsam rollte sich eine Kette auf. An ihrem Ende war nichts.

Sie gingen zum Turm. Pistoux stieg die Treppe zur Tür hinauf und rüttelte daran.

«Verschlossen», stellte er fest.

Immer mehr Wolken waberten heran. Es wurde feuchter. Kleine Tropfen lösten sich aus dem Nebel und verdichteten sich zu winzigen Regentropfen.

Als sie das Wirtschaftsgebäude betraten, standen sie in einem hohen Raum mit einer breiten Öffnung in der Mitte des verräucherten Dachs. Darunter befand sich eine Feuerstelle.

«Die Küche», sagte Carine. «Seht nur, ein Steinofen. Und Gerätschaften. Und Gemüse.»

«Hier hängt sogar Fleisch», sagte Meurville und deutete in eine Ecke, wo große Fleischstücke und Würste an Haken hingen.

«Hat man hier für uns gekocht?», fragte Forge.

«Offenbar hat gestern hier jemand gearbeitet», stellte Pistoux fest. «Der Ofen ist noch warm.» Er stocherte mit einem Schürhaken in der Asche herum. «Glut.»

«Mysteriös», murmelte Meurville.

«Immerhin werden wir nicht verhungern müssen», meinte Forge.

«Aber vielleicht verdursten», gab Pistoux zu bedenken. «Wir haben kein Wasser und der Wein ...»

«Wenn wir keinen Eimer finden, nehmen wir einen Topf und binden ihn an die Kette, um den Brunnen zu benutzen», sagte Carine.

Pistoux sah sie an und lächelte. «Du hast Recht. Wir müssen kämpfen.»

«Womit denn?», frage Meurville düster.

Pistoux dachte an das Messer in seinem Zimmer. Hatte Carine es womöglich an sich genommen?

Er inspizierte die Küche. Alles Nötige war vorhanden. Aber Waffen zur Verteidigung?

Er entdeckte eine Axt, mehrere große und kleine Messer lagen auch herum. Aber mit Messern und Äxten würden sie sich wohl kaum ihrer Haut wehren können.

«Wir müssen uns beraten», sagte Pistoux laut.

«Suchen wir zunächst alles ab.»

»Ja», sagte Forge. «Schwärmen wir aus.»

«Nein», sagte Alice Sierpinska. «Wir bleiben zusammen.»

«Sie hat Recht», sagte Forge. «Überall kann der Tod lauern.»

«Monsieur!», rief Carine.

«Gehen wir», sagte Pistoux.

Sie kletterten auf die Schildmauer, liefen den Wehrgang entlang, starrten durch Schießscharten ins neblige Nichts, konnten von der Bastion aus einige aus dem Nebelmeer ragende Baumwipfel erkennen, durchsuchten zwei Wachtürme, entdeckten weitere Lebensmittel im Vorratshaus und stiegen enttäuscht wieder die Treppe in den Burghof hinunter.

«Sie ist verschwunden», sagte Carine.

«Schrecklich», flüsterte Alice Sierpinska und lehnte sich erschöpft an Claude Forge.

«Und keine Möglichkeit, über die Mauer zu klettern.»

«Wir bräuchten ein Seil», sagte Forge.

«Bei diesem Nebel wäre eine Kletterpartie tödlich», gab Pistoux zu bedenken.

«Ich habe Hunger», sagte Monsieur de Meurville plötzlich.

«Kochen Sie uns was», sagte Pistoux.

«Was?»

«Kochen Sie uns was.»

«Wie können Sie es wagen, so mit mir zu reden?»

«Wir sind alle in Gefahr. Wir sind gleich. Niemand erteilt Befehle.»

«Unsinn!»

«Doch, Monsieur! Holen Sie sich ein Stück Brot aus der Küche. Später können Sie uns beim Gemüseputzen helfen.»

Forge lachte leise.

«Sie übrigens auch», sagte Pistoux zu ihm. «Und Mademoiselle sollte sich ab sofort auch für keine Arbeit mehr zu schade sein.»

Alle sahen ihn verblüfft an. Nur Carine lächelte.

«Da es ohnehin angeraten scheint zusammenzubleiben», fuhr Pistoux fort, «sollten wir jetzt alle zusammen in die Küche gehen und das Mittagessen vorbereiten. Es wird uns ablenken und ist wenigstens eine sinnvolle Beschäftigung.»

«Glauben Sie nicht, dass es uns wieder serviert werden wird?»

«Ich würde nicht darauf hoffen. Und wenn Sie uns helfen, können Sie sicher gehen, dass es zu keinen Vergiftungen mehr kommt.»

Meurville wurde blass und schluckte.

«Da hat er Recht», kommentierte Forge.

Gemeinsam gingen sie zum Wirtschaftsgebäude zurück.

Es wurde ein einfaches Mittagessen: Auf eine *Kürbissuppe* (den Kürbis hatte Meurville zerteilt und in Stücke geschnitten) folgten *Poulets au Riesling*, die elsässischer Abwandlung des Coq au vin (der Vorschlag kam von Carine, Forge hatte die Aufgabe, den Riesling nach verdächtigen Geruchsnoten zu untersuchen, was er ausgiebig tat). Zum Dessert buk Carine mit tatkräftiger Unterstützung von Alice Sierpinska einen *Elsässischen Apfelkuchen*, wie sie es von ihrer Mutter gelernt hatte.

Während des Essens, das sie in der Küche an einem rohen Eichentisch einnahmen, sprach niemand von dem toten Wipfel oder der verschwundenen Madame de Lambrusse. Niemand wollte das Thema zur Sprache bringen, es herrschte eine Atmosphäre bangen Schweigens.

Meurville schien seine Angst verdrängen zu wollen, indem er möglichst viel vertilgte.

Forge tat so, als wäre dies ein ganz normales Mittagmahl. Alice Sierpinska aß kaum etwas. Carine schien das Talent zu haben, durch die Arbeit alles andere vergessen zu können. Pistoux grübelte und entschied sich, nach dem Essen die Initiative zu ergreifen.

Nachdem Meurville sein drittes Stück Apfelkuchen gegessen hatte und den Teller von sich schob, sagte Pistoux: «Sie alle werden mir jetzt Rede und Antwort stehen müssen.»

«Unsinn», sagte Meurville.

«Durch Ihre Schuld bin ich in diese mörderische Situation hineingeraten, Monsieur. Sie sind verpflichtet ...»

«Gar nichts bin ich!» Meurville wischte sich mit einem Tuch das Gesicht ab und rülpste.

«Uns sind Sie aber Rechenschaft schuldig», beharrte Pistoux. «Denn Sie sind für alles verantwortlich.»

«Ich?»

«Jawohl, es ist Ihre Reisegesellschaft, Sie haben die Route bestimmt, Sie verfolgen einen geheimen Plan.»

«Hören Sie auf. Ich bin nicht gewillt, mich von einem Koch verhören zu lassen.»

«Meiner Ansicht nach sind Sie aber auch derjenige von uns, dessen Leben am meisten gefährdet ist. Insofern haben wir Sie in der Hand», fuhr Pistoux fort.

«Wer hat mich in der Hand?»

«Wir alle.»

Meurville grinste schief und sah Forge an: «Claude?»

Forge zuckte mit den Schultern.

«Wenn ich es recht sehe, haben Mademoiselle Sierpinska und Carine mit der Angelegenheit, um die es hier geht, nichts zu tun.»

«Ja, und?»

«Ich ebenfalls nicht. Damit wären wir drei Personen, die Ihnen die Gefolgschaft aufkündigen, wenn Sie uns nicht erklären, warum wir in diese gefährliche Situation geraten sind.»

«Ich auch», sagte Forge. «Wir haben alle Kapriolen mitgemacht. Heute geht's nicht schnell genug voran, morgen haben wir alle Zeit der Welt! Fahren wir hierhin, nein lieber dorthin! Bleiben wir eine Woche in Berlin, nein besser länger, und dann doch nur ein paar Tage ... Es reicht Monsieur de Meurville!»

«Er hat Recht», sagte Alice Sierpinska.

«Lächerlich», sagte Meurville. «Ich habe euch allen die Reise ermöglicht.»

«Eine Reise ins Verderben», sagte Forge.

«Jean-Paul Durant ist tot, Pierre Durant auf und davon, Monsieur Wipfel ermordet, Madame de Lambrusse verschwunden – was muss noch passieren, damit Sie sich endlich zu Erklärungen genötigt fühlen, Monsieur?», fragte Alice Sierpinska.

«Reden Sie», sagte Forge.

«Ich bin niemandem Rechenschaft schuldig.»

«Alles fing damit an, dass Sie in Berlin mit einem Abgesandten des Kanzlers eine Vereinbarung trafen», sagte Pistoux.

Meurville sah ihn erstaunt an: «Woher wissen Sie das?»

«Ihre Reise, getarnt als harmlose Fahrt zur Erkundung deutscher Sitten, hat in Wahrheit einen politischen Grund.»

Meurvilles Blick wurde unruhig.

«Bravo, Pistoux», lobte Forge.

«Ja, natürlich», sagte Pistoux. «Er hat Sie und die Damen nur als Staffage gebraucht.»

«Haben wir etwa nicht die Sitten erkundet?», fragte Meurville.

«Sicher», sagte Forge. «Ich habe mir viele Notizen gemacht. Aber Sie haben doch behauptet, ein Buch schreiben zu wollen.»

«Unsinn. Sie sollten es für mich schreiben.»

«Nach Ihren Vorstellungen, die Sie mir jedoch nie mitgeteilt haben.»

«Wir werden noch darüber sprechen.»

«Was für eine Scheinheiligkeit», stieß Alice Sierpinska empört hervor.

«Sie durchquerten Deutschland. Ich nehme an, die Reise ging normal vonstatten?»

Pistoux blickte Forge fragend an.

«Ja, wenn man mal davon absieht, dass uns immer das gleiche schreckliche Essen vorgesetzt wurde ...»

«Aber das war nicht der Grund, weshalb Monsieur Meurville es plötzlich eilig hatte.»

«Ihm hat es immer geschmeckt, obwohl er behauptet, ein Gourmet zu sein.»

«Warum dann die plötzliche Eile?», fragte Pistoux.

«Es gab keinen Grund zur Eile», beharrte Meurville.

«Sie hatten Angst, jemanden zu verpassen.»

«Unsinn.»

«Sie wollten sich unbedingt mit Jean-Paul Durant treffen, dem Zwillingsbruder Ihres Dieners Pierre Durant.»

Meurville kniff die Augen zusammen.

Pistoux sprach weiter: «Jean-Paul wurde ermordet. Sie haben das, was sie wollten, nie bekommen.»

Meurville war jetzt unverhohlen neugierig.

«Dann kam ich dazu. Sie wussten, dass etwas schief gegangen war, weil Jean-Paul nicht auftauchte. Sie waren nervös und verdächtigten mich, an der Verschwörung gegen Sie beteiligt zu sein. Deshalb luden Sie mich ein mitzufahren. Sie wollten mich im Auge behalten. Dabei haben Sie übersehen, dass der Feind bereits auf Ihrem Kutschbock saß. Hans war ihr Widersacher, nicht ich, der ich zufällig vorbeikam.»

«Sie reden viel und können nichts beweisen», entgegnete Meurville.

«Ihr Diener Pierre machte sich Sorgen um seinen Bruder und ging los, um nach ihm zu suchen. Vielleicht hat er sein Grab gefunden ... Danach ging Pierre davon aus, dass ich seinen Bruder getötet habe und beschloss, ihn zu rächen, und schoss auf mich. Vorher könnte er sich Forges verschwundene Pistole angeeignet haben.»

«Keine schlechte Idee», stimmte Forge zu. «Klingt zumindest logisch.»

«Er hat Sie verfehlt und es nicht mehr versucht», sagte Forge. «Aber wo ist er hin?»

«Sagen Sie es mir», forderte Pistoux.

«Ich?»

«Ja. Sie haben Durant doch in Holtberg getroffen. Ich bin fest davon überzeugt, dass Sie nicht der harmlose reisende Schriftsteller sind, der Sie zu sein vorgeben. Auch Sie verfolgen in diesem Fall bestimmte Interessen!»

Forge sah Pistoux missbilligend an. «Ich dachte, es geht um ihn?» Er deutete auf Meurville.

«Alles muss jetzt auf den Tisch», sagte Pistoux.

«Sie haben mit Durant gesprochen. Worüber?», fragte Meurville empört.

«Nun gut. Ich erkläre es», sagte Forge. «Aber es wird uns auch nicht retten. Durant suchte das Gleiche wie Sie. Ich konnte ihm nicht helfen.»

«Das Gleiche?»

«Was suchte er?», fragte Pistoux.

«Den Brief», sagte Forge.

«Was für einen Brief?»

«Die Durants waren schon vor uns hier, sie waren ja zu Pferde unterwegs.»

«Und?», fragte Pistoux.

«Sie sollten einen Brief abholen. Hier im Elsass. Bei einem Verwandten von Antoine Wipfel, der für gutes Geld schon mal seine Landsleute verrät.»

«Schweigen Sie, Forge!»

«Einen Brief, mit dem Monsieur de Meurville sich in Berlin etwas kaufen wollte. Man hat ihm dort erklärt, dass sein Anliegen nur beachtet würde, wenn er zu einer Gegenleistung bereit ist.»

«Forge! Woher wissen Sie ...»

«Ich habe Durant eine kleine Belohnung für seine Redseligkeit zukommen lassen.»

«Sie?», rief Meurville empört. «Ein Verräter?»

«Ich bin kein Verräter und kein Profiteur, im Gegensatz zu Ihnen, Monsieur. Ich diene nur meinen Idealen.»

«Und die wären?»

«Die Republik.»

Pistoux sah Forge erstaunt an.

Meurville schnaubte verächtlich. «Ich bin von Spionen umgeben.»

«Und plötzlich wurde Jean-Paul Durant vermisst, und er trug den Brief bei sich», sagte Pistoux. «Deshalb war es Ihnen nur recht, dass die Kutsche einen Achsenbruch hatte und im ‹Goldenen Anker› repariert werden musste. Was steht in dem Brief?»

«Es handelt sich um eine Namenliste von antideutsch eingestellten elsässischen Patrioten», sagte Forge.

«Die Meurville an Bismarck weitergeben will.»

«Ganz recht.»

«Zu welchem Preis?»

«Wenn ich das wüsste.»

Pistoux sah Meurville an. Der zuckte mit den Schultern und sah nach draußen. Er war weiß im Gesicht geworden. Schweißperlen standen auf seiner Stirn.

«Der Nebel lichtet sich», sagte Carine.

Sie blickten durch das Fenster. Vom Tisch aus konnte man den Burghof einsehen. Auch der Turm war jetzt sichtbar.

«Um Himmels willen», murmelte Meurville. «Da ...» Er hob die Hand und deutete nach draußen.

Allen stockte der Atem.

~ **18** ~ ‎ Im Netz des Bösen ‎ Wie schlaffe Fahnen an einem windstillen Tag hingen sie nebeneinander. Jemand hatte zwei Seile um die Zinnen des Hauptturms gelegt und die anderen Enden um ihre Körper geschlungen. Dann waren sie über den Zinnenkranz geworfen worden, und nun hingen die Leichen von Antoine Wipfel und Madame de Lambrusse nebeneinander.

«Das ist ... viehisch», stammelte Meurville.

«In der Tat», stimmte Forge zu.

«Ich will hier weg», sagte Alice Sierpinska.

«Ich auch», sagte Carine.

«Ich will hier weg!», wiederholte Alice Sierpinska lauter und schriller.

«Schsch ...» Forge legte einen Arm um sie und zog sie an sich.

Carine rückte näher an Pistoux heran.

«Sie werden uns alle umbringen», murmelte Meurville.

«Es ist Wahnsinn», flüsterte Forge. Er war sehr blass geworden.

«Wir müssen sie dort herunterholen», sagte Pistoux.

«Herunterholen? Die Toten?», fragte Meurville.

«Aber ja», sagte Pistoux.

«Niemals!»

«Sie sind ein Unmensch, Monsieur!», rief Carine.

Meurville blickte sie finster an: «Du wagst es, so mit mir zu sprechen!»

«Warum nicht?»

«Sie hat Recht», sagte Alice Sierpinska. «Wir können sie nicht dort hängen lassen. Das ertrage ich nicht.»

«Ich schon», sagte Meurville.

«Ich bitte Sie als Christenmenschen. Sie müssen doch ein anständiges Begräbnis bekommen.»

Meurville blickte finster vor sich hin und schwieg.

«Monsieur», sagte Alice Sierpinska. «Ich stelle fest, Sie sind ein Feigling.»

«Stellen Sie doch fest, was Sie wollen.»

«Claude?» Alice Sierpinska sah Forge auffordernd an.

Er zögerte, dann sagte er: «Ja, natürlich, ich werde helfen.»

Pistoux spürte, wie Carine sich enger an ihn anschmiegte.

«Ich komme mit», sagte er.

Forge schlug mit der flachen Hand auf den Tisch und sprang auf. «Dann schnell, bevor dieser verdammte Nebel sich wieder zusammenzieht.»

«Aber was ist, wenn sie kommen?», fragte Meurville ängstlich.

«Dann verteidigen Sie sich und die Ehre der Damen», sagte Forge spöttisch.

«Wir wissen uns sehr gut selbst zu verteidigen», sagte Alice Sierpinska. «Hier gibt es genügend Messer.»

Meurville lachte hämisch.

«Lieber verteidige ich mich selbst, als dass ich mein Schicksal in die Hände eines Feiglings lege», sagte Carine.

«Pah!» Meurville schürzte rechthaberisch die Lippen.

Die beiden Frauen standen auf und suchten nach Messern zu ihrer Verteidigung.

Meurville schüttelte den Kopf: «Lächerlich», murmelte er leise. «Wir sind verloren.»

Pistoux und Forge verließen die Küche und überquerten den Burghof.

Als sie am Ziehbrunnen vorbei waren, stellte Pistoux fest: «Sie sind doch gar nicht in Gefahr.»

«Wie bitte?»

«Sie haben doch nichts zu befürchten, Monsieur. Sie sagten doch, dass sie Republikaner sind. Also auf Seiten derjenigen, die uns hier gefangen haben.»

Forge zuckte mit den Schultern. «Wenn Sie wissen, wer uns hier gefangen hält, dann wissen Sie mehr als ich.»

«Die Gegner Meurvilles müssten doch eigentlich Ihre Freunde sein.»

«Ich bin mir nicht sicher, wo meine Freunde in dieser Angelegenheit sind. Und abgesehen davon weiß ich nicht, wer so wahnsinnig sein kann, uns in diese Burg zu locken und anschließend allesamt umzubringen.»

«Sie haben Recht», sagte Pistoux. «Es ist Wahnsinn.»

«Und dennoch grausame Realität.»

Sie standen jetzt vor dem Turm. Forge deutete nach oben.

«Was machen wir dann mit ihnen?», fragte er.

«Wir werden sie begraben, was sonst?»

«Ja, das muss wohl so sein.»

«Die Wolken ziehen sich schon wieder zusammen. Bald wird der Nebel wieder alles verhüllen.»

«Dann los!», sagte Forge. «Tun wir, was wir tun müssen.»

Sie stiegen die Treppe zum Turmeingang hinauf.

«Gestern war die Tür noch verschlossen», sagte Pistoux.

Forge drückte die Klinke herunter.

«Heute nicht mehr», stellte er fest.

Forge ging voran. Sie stiegen die steinerne Wendeltreppe in den Turm hinauf. Ab und zu konnten sie durch eine Schießscharte nach draußen blicken.

«Es ist nichts zu sehen. Diese gottverdammten Verbrecher sind nirgendwo zu sehen», sagte Forge.

«Sie werden unterirdische Gänge nutzen, die es zweifellos hier überall gibt. Und sie haben Schlüssel zu Türen, die wir nicht aufbekommen.»

«Tja.»

«Es könnte sein, dass sie uns oben erwarten», gab Pistoux zu bedenken.

«Ist mir nur recht», entgegnete Forge. «Je schneller ich diesen Barbaren an die Kehle springen kann, umso besser.»

«Wir haben keine Waffen bei uns.»

«Messer für die Damen, Fäuste für die Herren», sagte Forge.

Sie erreichten das Ende der Steintreppe. Auf dieser Ebene direkt unterhalb der Wehrplatte konnte man durch Fenster nach draußen sehen. Über die Vogesengipfel krochen neue dicke Wolken, schoben sich träge über den Baumwipfeln heran. Ohne zu zögern kletterte Forge die letzte Holztreppe hinauf auf die Plattform. Pistoux hielt einen kurzen Moment inne. Kein verdächtiges Geräusch. Er stieg ebenfalls hinauf.

Oben wehte ein kühler Wind. Niemand war da. Forge trat zu den Zinnen, um die die Seile geschlungen waren, und beugte sich darüber. Pistoux trat neben ihn. Forge zuckte zusammen und sah ihn erschrocken an. Dann lachte er.

«Bin ein bisschen ängstlich geworden.»

«Das kann in dieser Situation nicht schaden», sagte Pistoux.

Sie zogen die Leichen herauf und legten sie nebeneinander auf die Plattform.

«Mein Dolch!», rief Forge erstaunt aus.

«Tatsächlich.»

In der Brust von Madame de Lambrusse steckte das Messer, das Pistoux unter sein Kopfkissen gelegt hatte.

Forge stand auf und trat zwei Schritte zurück: «Aber dann sind Sie, haben Sie …» Er war wieder blass geworden.

Pistoux schüttelte den Kopf: «Nein. Mir ist das Messer in der letzten Nacht gestohlen worden, während ich schlief.»

Forge sah ihn zweifelnd an. Dann gab er sich einen Ruck. «Ich wüsste nicht, warum Sie …»

«Wie und wann sollte ich sie hierher gebracht haben?», fragte Pistoux.

«Die Nacht war lang.»

«Ich lag im Bett.»

«Eine Behauptung.»

«Die Carine bestätigen wird.»

Forge verzog das Gesicht und grinste ungläubig. «Carine …»

«Los jetzt», sagte Pistoux. «Das hier ist kein schöner Anblick.»

«Gut.»

Sie machten sich daran, die Seile aufzuknoten. Als sie fertig waren, schulterte Pistoux sich Wipfels Leiche und Forge nahm sich der sterblichen Überreste von Madame de Lambrusse an. Dann kletterten sie vorsichtig die Holztreppe hinunter. Auf der nächsten Ebene angekommen, entdeckten sie einen Zettel, der an einen Holzbalken geheftet worden war, und erstarrten.

«Als wir heraufgekommen sind, war das noch nicht da», stellte Forge fest.

«Nein.» Pistoux legte vorsichtig Wipfel zu Boden und riss den Zettel ab.

«Ihr wisst, was wir wollen. Her damit!», las er vor.

Forge legte Madame de Lambrusse neben die andere Leiche.

«Diese Verrückten», murmelte er.

«Warum kommen sie nicht einfach und treten uns gegenüber, von Angesicht zu Angesicht?», fragte Pistoux.

«Es macht ihnen Spaß», vermutete Forge. «Sie wollen uns quälen.»

«Vielleicht glauben sie, sie könnten uns auf diese Weise so weit bringen, dass wir einlenken.»

Forge lachte hilflos: «Wir können nicht einlenken, weil wir nicht wissen wie.»

«Diese verdammte Liste.»

«Wenn ich diese Mistkerle zu fassen kriege …»

«Ist es wirklich sicher, dass Meurville die Liste nicht bekommen hat?», fragte Pistoux.

Forge zuckte mit den Schultern. «Jean-Paul Durant hatte die Liste bei sich. Aber bei seiner Leiche wurde nichts gefunden.»

«Vielleicht hat er sie versteckt.»

«Aber wo?»

«Es könnte sein, dass wir es nie erfahren.»

«Das fürchte ich auch.»

«Aber dann ist alles was wir machen sinnlos.»

«Ganz meine Meinung.»

Pistoux trat zu einem der Fenster und blickte nach draußen. Die Wolken schoben sich heran. Bald würde die Burg wieder im Nebel verschwinden.

«Wir sollten das günstige Wetter nutzen», sagte Pistoux.

«Günstig?» Forge trat neben ihm und starrte die Wolkenfront an, die näher rückte.

«Dort unten», Pistoux deutete nach links.

«Was soll da sein?»

«Rund um die Burg befindet sich ein Felsenabgrund. Wer über die Mauer steigt, muss unweigerlich abstürzen.»

«Ja, und?»

«Dort ist eine Stelle, wo hinter der Mauer ein Absatz ist, dann kommt der Burggraben und dann ein Abhang, der mir begehbar erscheint. Wir müssen nur über die Mauer klettern, durch den Graben und dann den Abhang hinunter in den Wald.»

«Über die Mauer klettern?»

«Wir haben jetzt Seile. Damit können wir uns hinunterlassen.»

«In der Tat», stellte Forge verblüfft fest. «Wieso bin ich nicht darauf gekommen.»

«Egal», sagte Pistoux, «wir sollten den Nebel nutzen und so schnell wie möglich dieses Gefängnis verlassen.»

«Und ... die Leichen?» Forge deutete auf die Toten.

«Mitnehmen können wir sie nicht. Sie hier liegen zu lassen widerstrebt mir. Wir werden nicht umhin kommen, sie zu verscharren. Dort drüben ist eine Grasfläche. Ich habe in der Küche Schaufel und Spaten gesehen.»

«Gut. Also los.»

Sie warfen sich die Leichen wieder über die Schultern und kletterten die Wendeltreppe nach unten.

Sie legten die Körper auf die Rasenfläche neben der Kemenate und gingen zur Küche zurück.

Meurville weigerte sich, den Männern bei ihrer traurigen und mühsamen Arbeit zu helfen.

Nachdem Pistoux und Forge schon mit dem Ausheben des Grabes begonnen hatten, fand Carine eine Spitzhacke und brachte sie den Männern.

Sie gruben ein flaches Grab und legten die Leichen nebeneinander hinein. Alice Sierpinska trat zu ihnen und sprach ein kurzes Gebet. Dann schaufelten sie das Grab wieder zu.

Als sie fertig waren, war die Burg wieder in dichte Nebelschwaden eingehüllt.

«Wir werden die Gunst der Stunde nutzen und ausbrechen», sagte Pistoux.

Die Frauen suchten ihre Habseligkeiten zusammen. Meurville blieb störrisch. Er saß in der Küche und brütete vor sich hin.

«Nein», sagte er, nachdem Pistoux seinen Tornister aus dem Zimmer geholt hatte. «Das ist Wahnsinn.»

«Hier zu bleiben wäre noch wahnsinniger, Monsieur. Sie werden das nächste Opfer sein.»

«Ich bleibe. Solange sie denken, ich hätte die Liste, werden sie bereit sein zu verhandeln.»

«Sie werden denken, dass wir die Liste mitgenommen haben. Außerdem genügt es ihnen vielleicht schon, wenn sie wissen, dass niemand die Liste bekommen wird.»

Meurville stutzte. Er dachte nach.

«Also gut», sagte er dann. «Ich komme mit.»

Er erhob sich träge. Alice Sierpinska und Carine standen schon bereit, nachdem sie ihre Sachen geholt und etwas Proviant eingepackt hatten. Um sie herum stand jetzt eine weiße undurchdringliche Nebelwand. Schutz und Gefahr zugleich.

«Wir müssen dicht zusammenbleiben», sagte Pistoux, als Meurville zurück war. «Man sieht kaum die Hand vor Augen. Wir gehen langsam und sind vorsichtig. Übertriebene Eile wäre unser Tod. Wir kennen das Gelände jenseits der Mauer nicht. Ein unüberlegter Schritt und wir stürzen ab.»

«Los doch!», drängte Meurville.

«Ich gehe voran», sagte Pistoux.

«Ich bin der Letzte», sagte Forge.

«Gut. Jenseits der Mauer werden wir uns dann mit einem Seil zusammenbinden, um uns zu sichern.»

«Und einer wird die anderen in den Abgrund reißen», murmelte Meurville.

«Los!», kommandierte Pistoux.

Sie durchquerten den Burghof und stiegen die Treppe zum Wehrgang hinauf. Kurz darauf kletterten sie über die teilweise zusammengestürzten Mauerteile hinweg, hinter denen sich ein jetzt unsichtbarer jäher Abgrund auftat, und erreichten schließlich die Stelle, von der sie sich herablassen wollten.

Pistoux und Forge knoteten die beiden Seile zusammen, schlangen das Ende um eine der morschen Zinnen und ließen es auf der anderen Seite hinunter. Sie warfen einen Blick über die Mauerkante. Der Boden war nicht zu erkennen.

«Wer geht zuerst?», fragte Forge, als sie fertig waren.

«Ich bestimmt nicht», sagte Meurville. «Diese Knoten sehen nicht sehr verlässlich aus und das Mauerwerk ist verrottet.»

«Ich gehe zuerst», sagte Pistoux.

«Dann die Damen, dann Monsieur und ich zum Schluss», ergänzte Forge.

Pistoux nahm das Seil in die Hand und kletterte über die Brüstung. Langsam glitt er das uralte raue Mauerwerk hinab. Über ihm verschwanden die Gesichter im Nebel.

Irgendwann spürte er festen Boden unter den Füßen und stand auf dem feuchten Gras. Er zog zweimal am Seil.

Wenig später tauchten die Umrisse von Alice Sierpinska über ihm auf. Er half ihr auf den Boden. Es folgte Carine.

Monsieur de Meurville rutschte zu schnell, fiel zu Boden und fing sofort an zu jammern, weil er sich die Hände wund gescheuert hatte.

Kurz darauf war auch Claude Forge unten.

«Na großartig», stellte Meurville fest. «Das Seil hängt da oben fest. Wir sollten uns doch aneinander festbinden.»

Ohne ein Wort zu sagen, nahm Pistoux das Seil in beide Hände, sagte «Achtung», zog daran und schon fiel es ihm zu Füßen.

«Ein Zaubertrick», stellte Forge fest.

«Ein Seemannsknoten, den mir eine Fischerin in Sizilien gezeigt hat.»

Pistoux schlang sich das Ende des Seils um die Hüfte und legte es um Carine. Es folgte Alice Sierpinska, Meurville und am Schluss wieder Claude Forge.

«Gehen wir!», kommandierte Pistoux.

«Wohin denn?», fragte Meurville mit verächtlichem Unterton. Niemand hörte auf ihn. Sie gingen los.

Zunächst auf gerader Fläche, dann wurde die Wiese abschüssig und schließlich kamen sie an einen Abhang.

«Das ist Wahnsinn», wiederholte Meurville immer wieder leise, «wie konnte ich mich nur auf so etwas einlassen?»

Der Abhang wurde immer steiler.

«Das ist kein Weg. Wir schaffen es nie.»

«Halt's Maul!», rief Forge. «Wir kommen hier runter, und wenn wir auf dem Hosenboden durch den Dreck rutschen müssen.»

«Halt!», rief Pistoux plötzlich.

Er hatte eine ebene Fläche erreicht.

«Was ist?», fragte Carine.

«Bretter.»

«Was?»

«Ich weiß nicht.»

Pistoux blickte sich um. Es war kaum etwas zu erkennen. Nur ein kleines Stück vom Hang und feuchte Schwaden. Die Gesichter der anderen tauchten aus dem Nebel auf.

«Weiter», drängelte Meurville.

Sie standen jetzt dicht beieinander.

«Weiter?», fragte Forge.

Pistoux zögerte.

Meurville trat einige Schritte nach vorn, zog dadurch die anderen mit sich.

147

«Der Boden ist fest», sagte er und trat mit dem Absatz in die Erde. Es klang hohl.

«Das ist …», sagte Pistoux.

Weiter kam er nicht. Sie kippten zur Seite. Der Boden gab nach. Sie verloren den Halt, fielen hin, fanden keinen Halt, weil da, wo sie Erde vermutet hatten, nur mit Erde, Steinen und Gras getarnte Bretter waren, die sich jetzt verschoben und den Weg in einen tiefen Abgrund freigaben.

Sie rutschten in ein dunkles Loch.

Carine und Alice Sierpinska schrien laut auf. Meurville jaulte wie ein verletzter Hund.

Dann ging es abwärts.

Sie schrammten an Felsvorsprüngen vorbei. Schmerzensschreie ertönten.

Dann fielen sie direkt nach unten in den Abgrund, prallten jäh auf und erkannten erschrocken, dass sie in einem Netz gelandet waren. Hände, Arme, Füße und Beine fanden keinen rechten Halt, glitten durch die Maschen. Sie lagen teilweise übereinander und wussten nicht, wie sie freikommen sollten.

Um sie herum war es stockdunkel.

Meurville strampelte vor Panik.

«Ruhig!», rief Pistoux.

Stöhnen, Ächzen. Dann Stille.

Und plötzlich ein lautes, boshaftes Lachen.

⌁ **19** ⌁ NAPOLEONS KOPF Das Netz zog sich enger zusammen, dann senkte es sich langsam und ruckartig nach unten. Pistoux gelang es, sich an den dicken Seilen festzuhalten. Er spähte hinunter. Dort in der Tiefe bemerkte er einen Lichtschimmer, dem sie sich näherten. Als es heller wurde, konnte Pistoux im flackernden Schein zahlreicher

Fackeln erkennen, dass sie sich in einem Felsengewölbe befanden. Eine Höhle von beeindruckenden Ausmaßen, die sich zweifellos unterhalb der Burg ausdehnte.

Wieder schallte das boshafte Lachen zu ihnen hinauf.

Das Netz senkte sich schneller.

Und dann, jäh und bevor er es erwartet hatte, prallte das Netz auf dem harten Felsen auf. Die Gefangenen schrien laut auf. Pistoux spürte einen bohrenden Schmerz im Knie und spürte, dass er sich außerdem die linke Hand verstaucht hatte. Meurville begann wild um sich zu schlagen.

«Hören Sie auf!», rief Carine.

Neben sich hörte Pistoux, wie Forge laut stöhnte.

«Sind Sie verletzt?», fragte er.

«Mein Fußknöchel, meine Schulter ... nicht schlimm, hoffe ich.»

«Was ist das, wo sind wir hier?», hörte Pistoux die Stimme von Alice Sierpinska.

Wieder ertönte das boshafte Lachen.

Man hörte das Geräusch von beschlagenen Stiefeln auf dem Fels, dann machte sich jemand am Netz zu schaffen. Pistoux sah das Aufblitzen von Gewehrläufen.

Es waren vier Männer. Zwei zielten mit Karabinern auf die Gefangenen, zwei zogen das Netz auseinander.

Forge half Alice Sierpinska beim Aufstehen, Pistoux reichte Carine die Hand. Den Frauen war nichts passiert. Meurville blieb trotzig sitzen.

«Monsieur?», fragte Alice Sierpinska. «Ist alles in Ordnung?»

«Ha!», rief Meurville. «In Ordnung?»

Er starrte seinen linken Fuß an. Irgendetwas stimmte damit nicht. Er war nach hinten gedreht. Die Stiefelspitze des linken Fußes zeigte genau in die entgegengesetzte Richtung wie die Stiefelspitze des rechten.

«Kaputt», sagte Meurville. Dann kippte er zur Seite und fiel in Ohnmacht.

«Was ist mit dem Kerl?», rief die laute Stimme, deren Lachen schon durch die Höhle gedröhnt war.

Einer der Bewaffneten trat mit dem Fuß gegen Meurville. Er regte sich nicht.

«Sie Unmensch!», rief Alice Sierpinska.

Dann trat ein Mann aus dem Schatten im hinteren Bereich der Höhle. Er trug einen weißblauen Uniformrock und auf dem Kopf einen zweispitzigen Napoleonshut.

Pistoux stutzte einen Moment. Napoleon? Was für ein verrückter Gedanke. Nein, dies war kein Wiedergänger des toten Kaisers. Denn Pistoux erkannte den Mann, der da stand. Der Mann in Uniform, der es offenbar nicht lächerlich fand, die eine Hand wie einst Napoleon in die Weste zu stecken, der Mann, der da so herrisch, selbstgefällig und boshaft dreinblickte und sich mit höhnischem Grinsen den Gefangenen näherte, war kein anderer als der, den Pistoux als Hans, den Kutscher, kannte.

«Napoleon der Fünfte», murmelte Pistoux verblüfft.

«Hans!», rief Carine nicht weniger erstaunt aus.

«Hab ich's doch geahnt», brummte Forge.

«Wo sind wir?», fragte Alice Sierpinska kühl. «Auf einem Maskenball?»

«Weg mit den Frauen!», rief Hans. «Schaff sie mir aus den Augen!», befahl er einem der Bewaffneten.

Pistoux sah sich um. Die Männer trugen jetzt alle Karabiner. Er warf einen Blick in die Höhle. Sie war beeindruckend groß. Zweifellos führten von hier Gänge bis hinauf in die Burg. Durch das flackernde Licht der Fackeln wirkte die Szenerie unwirklich. Strohsäcke lagen herum, es gab einen aus rohem Holz notdürftig gezimmerten Tisch mit ebenso provisorischen Stühlen. Aber wo war der Ausgang?

«Halt! Die Hände hoch!», rief Hans, als Pistoux unwillkürlich seine Jacke abtastete.

Die drei übrig gebliebenen bewaffneten Männer durchsuchten die Gefangenen.

«Keine Waffen», sagte einer von ihnen. «Auch sonst nichts.» Dann fesselten sie ihre Hände.

«Gut. Legt diesen Kerl», Hans deutete auf Meurville, «dort hinüber auf die Decke und fesselt ihn auch.»

Die Männer hoben Meurville hoch und trugen ihn auf eine schmutzige Decke, die am Boden lag. Meurville stöhnte vor Schmerzen, kam aber nicht zu Bewusstsein.

«Durchsucht ihr Gepäck. Gründlich!», befahl Hans. Dann deutete er auffordernd zum Tisch. «Meine Herren. Darf ich bitten.»

Pistoux und Forge folgten Hans zum Tisch.

«Hans ...», sagte Pistoux.

«Halt den Mund! Setz dich!»

«Aber ...», setzte Pistoux wieder an.

«Jean-Georges Ténèbre», sagte Forge.

«Ténèbre?», fragte Pistoux verwirrt.

Der falsche Hans blickte Forge aus zornig blitzenden Augen an. «Woher wissen Sie ...?»

«Durant hat mir den Namen genannt. Er wusste, dass Sie hinter dieser Verschwörung stecken, aber er wusste nicht, dass Sie sich als Kutscher bei uns eingeschlichen hatten», sagte Forge.

«Ha! Verschwörung? Ich?» Er hob den Finger und deutete nacheinander auf Meurville, Forge und Pistoux. «Ihr seid die Verschwörer, nicht ich.»

Forge zuckte lässig mit den Schultern.

Pistoux starrte gebannt auf Ténèbres Uniformrock. Irgendetwas daran irritierte ihn. Aber was?

«Ich bin an keiner Verschwörung beteiligt», sagte er.

«Ja? Wirklich?», erwiderte Ténèbre. «Wer weiß schon so genau, wer woran beteiligt ist. Niemand hier ist, was er zu sein vorgibt. Warum nicht auch du, Jacques?»

«Ich bin Koch und zufällig in diese seltsame Intrige hineingeraten. Ich weiß nicht, wovon Sie reden und auch nicht, worum es hier geht. Wer sind Sie?»

Ténèbre sah Forge auffordernd an.

«Sie sind der Spion der Republik, der sich als Schriftsteller ausgibt, ein angeblicher Mann des Wortes. Bitte sehr, erzählen Sie!»

«Gut», sagte Forge ruhig. «Monsieur Ténèbre ist nicht, wie Sie vielleicht versucht sind zu vermuten, ein Nachfahre von Napoleon …»

Ténèbre hielt plötzlich eine kleine zweiläufige Pistole in der Hand und zielte auf Forge.

«Werden Sie nicht frech, Monsieur!»

Forge zuckte kaum merklich zurück und bemühte sich, gelassen zu bleiben. In seiner Stimme schwang ein leicht höhnischer Ton mit.

«Aber immerhin ist Monsieur Ténèbre Franzose. Als dieses schöne Fleckchen Erde noch zu Frankreich gehörte, war Monsieur Ténèbre ein erfolgreicher Geschäftsmann. Aber dann kam der Krieg und mit ihm die Deutschen. Und die haben ihn enteignet. Nun sinnt er auf Rache. Doch anstatt sich, wie das ein wohlanständiger Citoyen tun würde, dem Staat und den Vertretern des Volkes anzuvertrauen, trommelte er eine Banditentruppe zusammen und begann auf eigene Faust einen sinnlosen Kampf gegen die Eroberer.»

«Unsinn!», schrie Ténèbre laut auf und schlug mit der freien Hand auf den Tisch. «Wir sind Patrioten!»

«Ah, bah! Bestenfalls Separatisten.»

«Aber ja, was haben wir schon von Frankreich zu erwarten? Wir Elsässer befreien uns selbst!»

«Sie sind doch gar kein Elsässer.»

«Nicht durch Geburt, aber aus Sympathie.»

«Sympathie für die Schätze des Landes, das glaube ich gern. Wohl kaum für die Menschen, die sich herzlich wenig für Ihr Schicksal interessieren, Monsieur Ténèbre, sonst würdet Ihr nicht mit gemeinen Banditen gemeinsame Sache machen.»

«Banditen? Patrioten!»

«Straßenräuber», verbesserte Forge.

«Freiheitskämpfer!», schrie Ténèbre.

Pistoux war erstaunt. Er erkannte diesen Mann nicht wieder. Dieser cholerische Egoist sollte der gleiche Mensch sein, mit dem er auf der Kutsche gefahren war, mit dem er gefeiert, gegessen und getrunken hatte?

«Ihr bezahlt diese Männer aus eigenem Portefeuille. Mit dem Volk habt Ihr nichts am Hut.»

«Lüge! Wir kämpfen für die Freiheit des Elsass.»

«Ihr kämpft für entgangenen Profit.»

Jetzt mischte sich Pistoux ein: «Wovon ist denn hier überhaupt die Rede?»

«Öl!», sagte Forge.

«Öl?»

«Erdöl. Sie haben die Fördertürme doch gesehen.»

«Das waren seine Bohrtürme?»

«Sie sind es noch!», rief Ténèbre.

«Die Deutschen haben sie ihm weggenommen. Aus übergeordnetem nationalem Interesse, wie es hieß.»

«Pah!», rief Ténèbre empört. «Man findet immer einen Grund.»

«Jetzt wird mir alles klar», sagte Pistoux. «Deshalb war Meurville in Berlin und bot an, die Separatisten zu verraten. Die Liste, die angeblich irgendwo existieren soll ...»

«Wir haben Berlin glauben lassen, dass die so genannten Separatisten, die in Wahrheit nur Söldner von Monsieur

Ténèbre sind, eine ernste Gefahr für die deutsche Herrschaft in Elsass-Lothringen darstellen.» Forge lächelte dünn.

«Und Meurville hat die Angst der Deutschen benutzt, um sein eigenes Süppchen zu kochen», sagte Pistoux.

«Ganz recht.»

«Der Schuft!» Ténèbre spuckte auf den Boden.

«Er wollte die Ölquellen für sich haben», erkannte Pistoux.

«Er hat den Deutschen eine Liste mit den Verschwörern versprochen.» Forge nickte.

«Und deshalb wird er sterben!», rief Ténèbre.

Pistoux blickte auf und sah in das hassverzerrte Gesicht eines Fanatikers, der sich die Welt so zurechtrückte, wie er sie für seine Zwecke brauchte. Vielleicht glaubte er ja wirklich, Napoleon der Fünfte zu sein.

«Ich hätte ihn schon weich geklopft», murmelte Ténèbre geistesabwesend vor sich hin. «Nacheinander hätte ich alle umgebracht, bis nur noch Meurville übrig gewesen wäre. Dann hätte er geredet. Er hätte mich angefleht.»

Ténèbre grinste höhnisch und sah seine Gefangenen wieder an: «War es nicht eine reizende Inszenierung? Hat es euch geschmeckt? Wie war der Wein? Wisst ihr, was ich mit Madame de Lambrusse gemacht habe, bevor sich der Dolch in ihr fettes Herz bohrte …?»

Ein Wahnsinniger, dachte Pistoux. Dieser Mann ist irre. Wie konnte ich mich nur so in ihm täuschen.

«Alles zum Wohle des Volkes!», rief Ténèbre und blickte wie Napoleon in die Ferne. Nur dass es in dieser Höhle keine Ferne gab.

«Es gibt hier in der Gegend viele aufrechte Bürger, die glauben, dieser Banditenhaufen würde ihre Ideale vertreten. Sie haben sich Ténèbre blind anvertraut», erklärte Forge. «Auf der Liste sind viele Namen von braven Männern, die bereit sind, für die Freiheit ihres Landes zu kämpfen.»

«Die Deutschen werden sie zweifellos verhaften, wenn ihnen die Liste in die Hände fällt», sagte Pistoux.

«So ist es.»

Ténèbre sah Forge hasserfüllt an: «Wo ist die Liste?»

«Offenbar ist sie verloren gegangen. Niemand weiß, wo sie ist.»

«Lügner!»

«Ich habe alles durchsucht. Auch er hat sie nicht.» Forge deutete auf den ohnmächtigen Meurville, der sich stöhnend hin und her bewegte.

«Die Liste! Die Liste!», rief Ténèbre. «Immer wieder sprechen sie von der Liste! Wo habt ihr sie? Ihr werdet alle sterben. Ich will mein Öl!» Er schwenkte die Pistole zwischen Pistoux und Forge hin und her.

Sie hörten ein Stöhnen. Meurville war zu sich gekommen.

«Es gibt keine Liste! Es war alles umsonst …»

Ténèbre blickte ihn schief grinsend an. Dann schwenkte er die Pistole in seine Richtung und drückte ab. Meurvilles Kopf wurde nach hinten geschleudert, sein Oberkörper ruckte, die Beine zappelten kurz, dann blieb er tot liegen. Plötzlich hallte eine laute Stimme durch die Höhle: «Halt! Das Spiel ist aus, Ténèbre!»

Der Angesprochene wirbelte verwirrt herum. Von wo war die Stimme gekommen? Das Echo hallte aus allen Richtungen.

Ein Schuss peitschte durch die Höhle und jaulte als Querschläger umher.

Das Echo war gewaltig und schmerzte in den Ohren.

Ténèbre schrie wütend auf.

Alle warfen sich zu Boden.

Ein zweiter ohrenbetäubender Schuss hallte durch den unterirdischen Raum.

◌᠂ **20** ᠂◌ *D*IABOLUS EX MACHINA Ténèbre brüllte wütend auf wie ein verletztes Raubtier. Der zweite Schuss hatte ihn am Oberschenkel getroffen. Dann dröhnte der dritte Schuss durch die Höhle, und die Kugel riss ihn nach hinten und brachte so viel Wucht mit, dass er sich überschlug und anschließend ein Stück weit über den glatten Felsboden rutschte, bis er regungslos auf dem Bauch liegen blieb.

Auch alle anderen lagen längst am Boden. Die Gefesselten hatten sich hinfallen lassen, wo sie gerade waren. Ténèbres Komplizen hatten sich hinter Felsbrocken in Deckung gebracht.

«Still! Alle bleiben, wo sie sind! Wir haben auch alle im Visier!», hallte eine unbekannte, durch das Echo ins Bedrohliche verzerrte Stimme durch die Höhle.

Plötzlich hörte man das hastige Getrappel von Füßen, die das Weite suchten. Ténèbres Gefährten rannten zum Höhlenausgang hin.

«Lauft! Lauft! Ihr Memmen!», brüllte die unbekannte Stimme.

Pistoux lag still da und horchte. Nichts geschah. Er hörte ein Würgen, das von Ténèbre kommen musste, ein leises Schluchzen und schweres Atmen. Es dauerte eine Weile, bis er merkte, dass das schwere Atmen von ihm selbst kam. Ein seltsames Verlangen, laut zu lachen, kroch seine Kehle herauf. Er riss sich zusammen, atmete tief ein und aus. Schließlich drehte er sich auf die Seite und versuchte, durch die Felsenhöhle nach dem unbekannten Angreifer zu spähen.

Es war nichts zu sehen.

Plötzliche Ruhe breitete sich aus.

«Was ist los?», hörte er die zaghafte Stimme von Carine.

Auch die anderen rührten sich.

«Diese Straßenräuber sind auf und davon», sagte Forge.

Alle richteten sich auf und saßen jetzt mit gefesselten Händen hilflos auf dem Boden.

156

«Aber», sagte Alice Sierpinska. «Wer hat ...»

«Ein Überfall?», knurrte Forge. «Diese Geschichte wird immer merkwürdiger. Straßenräuber, die von Straßenräubern überfallen werden?»

«Ein Freund?», fragte Carine hoffnungsfroh.

«Freund oder nicht. Sie sollen kommen und dieser Situation ein Ende bereiten», sagte Forge. Dann rief er laut: «Die Memmen sind weg, ihr Anführer liegt am Boden. Worauf wartet ihr noch?»

Ein dickes Seil fiel von oben herunter, flatterte hin und her und blieb dann hin und her pendelnd hängen.

Alle Augen waren nach oben gerichtet.

Das Seil flatterte immer heftiger. Jemand ließ sich herunter. Zunächst sahen sie nur die Stiefelsohlen, dann den ganzen Mann.

«Donnerwetter!», rief Forge aus. «Es ist Durant!»

«Pierre», erkannte nun auch Carine.

Durant ließ sich herunter und sprang auf den Boden. Er stand jetzt mit dem Rücken zu Pistoux. Er trug ein Gewehr über der Schulter und zog sofort einen schweren Revolver aus dem Gürtel.

«Wo ist der Schuft?», rief er wütend.

Pistoux war erstaunt. Er hatte Durant nur kurz gesehen und als blassen Jüngling kennen gelernt. Jetzt hatte er sich in einen offenbar zu allem entschlossenen zornigen jungen Mann verwandelt. Er trug Kniebundhosen und schwere Stiefel, einen schwarzen Umhang und einen breitkrempigen Hut.

«Er liegt dort hinten», sagte Forge. «Erledigt.»

Durant wirbelte herum und starrte den leblos daliegenden Ténèbre an.

«Nicht der», sagte er. «Der Mörder.»

«Noch ein Mörder?», wunderte sich Forge.

«Der Mörder meines Bruders!», rief Durant. «Einmal habe ich ihn verfehlt. Das wird mir kein zweites Mal passieren.»

Er stand jetzt direkt vor Pistoux und blickte wütend auf ihn herunter.

«Der da», presste er hasserfüllt zwischen den Zähnen hervor.

«Aber ... das ist Jacques!», rief Carine entsetzt.

«Mach uns erst mal die Fesseln los», brummte Forge.

«Nein», sagte Durant. «Zuerst wird das hier erledigt.» Er trat zwischen Pistoux' Beine.

«Mörder!»

«Ihr habt also in der Herberge auf mich gefeuert. Seid froh, dass ihr mich verfehlt habt. Am Tod Ihres Bruders bin ich nämlich unschuldig», presste Pistoux unter Schmerzen hervor. Durant hielt ihm die Pistole dicht vor das Gesicht.

«Schweig, du Schuft! Ich werde dich augenblicklich ...» Er spannte den Hahn.

Pistoux blickte in die Mündung des Revolvers. Er war jetzt ganz ruhig. Wie erstarrt. Eine Eiseskälte hatte sich in ihm ausgebreitet. Er versuchte mit aller Kraft, seine Hände freizubekommen. Die Fesseln schnitten in seine Armgelenke.

«Lasst ihn wenigstens zu Wort kommen bevor ihr ihn abknallt. Er ist wehrlos», sagte Forge.

«Ich habe Ihren Bruder nicht getötet», wiederholte Pistoux.

«Ihr habt ihn verscharrt, der Bauer hat es mir erzählt.»

«Ist das wahr?», fragte Forge.

«Ja, es stimmt. Ich habe dem Bauern geholfen. Was hätten wir tun sollen mit einem unbekannten Toten?»

«Unbekannt?», rief Durant. «Dass ich nicht lache! Ihr habt ihn getötet und ihm die Liste abgenommen!»

«Was sollte ich mit einer Liste, von der ich nichts weiß?»

«Oh, Ihr wisst es ganz genau, Spion!»

«Nie werdet Ihr mir beweisen können, ein Spion zu sein.»

«Das hab ich gar nicht nötig!», rief Durant.

«Doch», schaltete sich Forge wieder ein. «Erst müsst Ihr beweisen, dass er das Verbrechen begangen habt, dann dürft Ihr ihn hinrichten.»

«Der Bauer hat es mir erzählt.»

«Was hat er denn behauptet?», fragte Pistoux.

«Er hat Euch am Morgen in der Scheune gefunden. Neben Euch lag mein toter Bruder.»

«Das ist richtig», bestätigte Pistoux.

«Na bitte.» Durant drückte den Revolver jetzt gegen Pistoux' Schläfe.

«Er lag tot daneben?», fragte Forge und blickte Pistoux beunruhigt an.

«Die ganze Nacht lag ich mit einem schweren Fieberanfall im Stroh», sagte Pistoux. Er versuchte, seine Anstrengung zu verbergen. «Ich merkte nicht, wie der Mann kam. Ich glaube, er versuchte, mich aufzuwecken, aber es gelang ihm nicht. Am Morgen war er tot.»

«Lügner! Ihr habt die Liste genommen!»

«Nein», beharrte Pistoux. «Es war kein Brief da, kein Papier, nichts. Hat Euch das der Bauer nicht gesagt?»

«Ihr hättet Zeit gehabt, den Brief zu verstecken.»

«Nein.»

«Ein Wort steht gegen das andere», stellte Forge fest. «Wollt Ihr es auf Euch nehmen, einen vielleicht Unschuldigen zu ermorden?»

Durant schüttelte den Kopf: «Er versucht sich rauszureden. Er ist der Mörder!»

Pistoux hatte jetzt die Hände frei. Aber noch immer den Revolver an der Schläfe.

«Pistoux», sagte Forge. «Ihr sitzt ganz schön in der Klemme.» Er zwinkerte ihm zu, offenbar hatte er sich ebenfalls von seinen Fesseln befreit.

«Ich kann beweisen, dass ich es nicht war», sagte Pistoux. «Und ich kann beweisen, wer der wahre Mörder ist.»

«Los!», kommandierte Durant. «Raus damit!»

«Ténèbre», sagte Pistoux.

«Lächerlich!» Durant drückte den Revolver fester gegen Pistoux' Schläfe. «Er war bei uns in der Herberge.»

«Er hat sich ein Pferd genommen und ist losgeritten, um Euren Bruder abzufangen. Und es ist ihm auch gelungen.»

«Lüge!»

«Es gab einen Kampf. Ténèbre hat Euren Bruder erstochen. Dennoch gelang Eurem Bruder die Flucht. Er suchte Schutz in der Scheune, wo er mich fand. Dort wird er wohl auch die Liste versteckt haben.»

«Alles Behauptungen. Wo ist der Beweis?»

«In der Brusttasche meiner Jacke.»

Durant sah ihn verblüfft an. Auch Forge blickte erstaunt drein.

«Was ist da?»

«Ein Knopf.»

«Ein Knopf?»

«Der Knopf, den Euer Bruder seinem Widersacher während des Kampfes abriss.»

Den Revolver noch immer gegen die Schläfe von Pistoux gepresst, fasste Durant in seine Brusttasche und zog einen Messingknopf hervor. Forge sah mit staunendem Gesicht zu.

«Ein Knopf mit eingeprägten gekreuzten Dolchen. Er lag neben Eurem toten Bruder in der Scheune.»

«Und?»

«Solche Knöpfe befinden sich an der Uniform von Ténèbre.»

Durant starrte verblüfft den Knopf an.

«Seht nach», sagte Forge, »bevor ihr Euch eines Mordes schuldig macht.»

Durant trat zwei Schritte zurück. Dann sah er zu dem leblosen Ténèbre hin.

«Ihr müsst ihn umdrehen», sagte Forge.

Immer noch den Revolver auf Pistoux gerichtet, ging Durant zu Ténèbre und kniete sich neben ihn hin. Er drehte ihn um. Der Mann war tot. Auf der linken Seite seines Uniformrocks hatte sich ein dunkler nasser Fleck ausgebreitet. In der Mitte des schwarzen Flecks war der Stoff zerrissen. Eine Kugel hatte ihn ins Herz getroffen.

«Messingknöpfe», stellte Durant fest.

Forge zwinkerte Pistoux wieder zu.

«Eingeprägte Dolche ... ein Knopf fehlt ... offenbar abgerissen ...»

Weiter kam er nicht.

Pistoux und Forge stürzten sich gleichzeitig auf ihn. Forge entwand ihm den Revolver. Pistoux verpasste ihm einen gezielten Schlag gegen die Schläfe. Durant fiel ohnmächtig zur Seite.

«Nicht schlecht, der Trick mit dem Knopf», sagte Forge, während sie Durant fesselten.

«Aber es ist die Wahrheit», sagte Pistoux.

«Und der Brief?»

«Ich habe nie einen Brief gesehen.»

«Seltsam. Aber wie dem auch sei, wir sollten schleunigst hier verschwinden. Ich hoffe nur, dass Ténèbres Kumpane wirklich das Weite gesucht haben.»

«Irgendwann werden sie sicher zurückkommen. Wir müssen uns beeilen.»

Sie standen auf, befreiten Alice Sierpinska und Carine.

«Was machen wir mit den Toten?»

Alle starrten die Leichen von Meurville und Ténèbre an.

«Ich werde keine Leiche mehr verscharren», sagte Pistoux.

«Gut möglich, dass diese Straßenräuber bald wieder hier sind», gab Forge zu bedenken.

Durant regte sich wieder.

«Was ist mit ihm?», fragte Forge.

«Er kommt mit. Wir werden ihm später, wenn er sich wieder beruhigt hat, die Fesseln abnehmen.»

«Gut.»

«Wie kommen wir aber aus dieser schrecklichen Höhle raus?», fragte Carine.

«Dort, wo auch diese Straßenräuber hingelaufen sind.» Alice Sierpinska deutete auf einen Spalt zwischen zwei Felsblöcken.

Sie packten ihre wenigen Habseligkeiten zusammen. Pistoux hängte sich den Tornister um. Dann gingen sie los. Durch einen engen Gang gelangten sie nach draußen. Forge ging voran und meldete, dass keine Feinde ihnen mehr auflauerten.

Es war wie ein Wunder. Die Sonne schien wieder. Die Nebelschwaden hatten sich verzogen.

Sie wanderten zügig bergabwärts. Alle fühlten sich befreit und erleichtert und schienen dadurch zu frischen Kräften gekommen zu sein. In der Nähe der verunglückten Kutsche fanden sie die Pferde. Sie banden Durant auf einem Pferd fest. Forge und Alice Sierpinska stiegen auf zwei andere, Carine stieg hinter Pistoux auf.

Als die Dämmerung hereinbrach, erreichten sie ein kleines Dorf, das aus einer Straße bestand, an der rechts und links Fachwerkhäuser und Gutshöfe standen. Um den Kirchplatz herum standen einige weitere Häuser, darunter ein Gasthof, auf dessen reich verziertem schmiedeeisernem Wirtshausschild in verschnörkelten Buchstaben und zweisprachig geschrieben stand: «L'Auberge Zum Storchen».

Sie traten in eine gemütliche Gaststube und wurden von einer dicken Wirtin mit sorgenvollem Gesicht empfangen.

«Wir haben Hunger!», rief Claude Forge.

Händeringend eilte die Frau hinter dem rohen Holztresen hervor und stieß beinahe einige Stühle um.

«Oh, bitte, es tut mir Leid! Ich kann die Herrschaften leider nicht bewirten. Es gibt nur Wein und Bier und Brot.»

«Nanu, wie das?»

«Mein Mann, der Wirt, ist krank. Er liegt im Bett. Er kann nicht kochen ... und ich muss in der Gaststube arbeiten.»

«Das trifft sich gut», entgegnete Forge fröhlich.

Die dicke Wirtin sah ihn erstaunt an.

Forge wühlte in seiner Hosentasche nach einem Säckchen mit Geld, das er auf den Tresen warf.

«Heute Abend zahlt die Republik», rief er, und dann klopfte er Pistoux auf die Schultern: «Wir haben Geld. Und wir haben einen Koch. Wo ist Eure Vorratskammer, gute Frau?»

Die Wirtin war ganz verdutzt. «Ich ... ich ... dort. Wollt ihr etwa selbst kochen?»

«Ganz genau», sagte Forge. «Monsieur Pistoux ist ein weit gereister Meisterkoch. Er wird bestimmt auch für Euren Mann ein kräftiges Süppchen kochen, wenn Ihr ein Huhn übrig habt.»

Die Wirtin strahlte. «Oh, mehr als nur eins», sagte sie.

Dann führte sie Pistoux in die Speisekammer.

Sie traten durch eine niedrige Tür in einen großen Raum, der über und über mit Vorräten voll gestopft war.

«So etwas hab ich lange nicht gesehen», sagte Pistoux begeistert.

Einfach alles war da. Nicht nur Würste und Schinken, nicht nur allerlei Gemüse, angefangen bei Gurken und Karotten bis hin zu Kohlköpfen aller Art und riesigen Kürbissen; nicht nur Äpfel und Birnen und Quitten und Pflaumen und Maronen und Haselnüsse und Walnüsse, auch allerlei Kräuter hingen zum Trocknen an der Decke; Linsen, Bohnen und Erbsen sowie eingelegtes Gemüse und Obst waren ebenfalls in Hülle und Fülle vorhanden; vor allem aber frohlockte das Herz des Kochs, als er eine Schweinehälfte sah und gerupfte Hühner und Enten, die an schweren Haken von der Decke hingen, und sogar mehrere Kaninchen, manche mit, manche ohne Fell, sowie Hasen und Teile eines Wildschweins; vom Käse, der sich in einer Mauernische befand, ganz zu schweigen.

«Das meiste ist da», sagte die Wirtin. «Und bald kommen die Jungen mit dem Fisch und den Krebsen.»

Pistoux legte seinen Arm um Carine, die jetzt nicht weniger staunend als er neben ihn getreten war, und zog sie an sich.

«Was meinst du?», fragte er. «Wird es heute Abend ein Festessen geben?»

«Ja.»

«Kennst du noch genug Rezepte deiner Mutter, um mir beizubringen, wie man ein elsässisches Festmahl kocht?»

«Natürlich.»

«Gut», sagte Pistoux. «Es wird Zeit, dass ich mich wieder meinem eigentlichen Metier zuwende.»

«Mir läuft jetzt schon das Wasser im Mund zusammen», sagte Forge.

«Wein haben wir auch», sagte die Wirtin eifrig und wog voller Begeisterung das Säckchen mit dem Geld in der Hand. «Soll ich den Herrschaften den Keller zeigen?»

«Gehen wir!», kommandierte Forge. «Ich kann sofort einen Aperitif brauchen.»

Wenig später standen Pistoux und Carine in der Küche. Pistoux krempelte sich die Ärmel hoch. Dann schärfte er die Messer, während Carine in Windeseile mit dem Zuschneiden von Fleisch und Gemüse begann. Pistoux besah sich die Krebse, die zwei Jungen in großen Körben gebracht hatten. In einem anderen Korb lagen einige Aale, Karpfen und Forellen.

Gelegentlich hörten sie laute Stimmen aus der Gaststube und begeisterte Rufe, wenn Forge, der dort den nicht so gut gelaunten Durant bewachte, wieder einen Eintretenden zum Abendessen einlud.

Pistoux und Carine besprachen das Menü: Zuerst würde es eine *Hühnerbrühe* geben, dann sollten *Krebse in Riesling* folgen, anschließend *frittierter Karpfen*. Nach einem Zwischengang, bestehend aus von der Wirtin selbst aus einem Fass hervorgezauberten *Suri Ruawa,* würde, getreu dem Motto des Hauses «Fleisch isch es beste Gemüse», *Schweinefleisch im Biersud* folgen, dann ein *Hasenbraten mit Rotkohl und Renetten* und zum Nachtisch ein *Quittenstrudel mit Hagebuttensauce.*

Die Nachricht, dass ein Meisterkoch in der «L'Auberge Zum Storchen» aufkochte, verbreitete sich in Windeseile in dem kleinen Ort. Noch bevor die Hühnerbrühe serviert wurde, die ja eigentlich nur für den kranken Wirt gedacht war, nun aber mit großer Anteilnahme von den Gästen geschlürft wurde, war die Gaststube bis zum letzten Platz gefüllt.

Die Wirtin kam kaum nach mit dem Entkorken der Flaschen und schickte ihre Söhne aufs Neue in den Weinkeller, um Nachschub zu besorgen.

Gegen Mitternacht wurde der Hasenbraten serviert, gegen ein Uhr der Strudel, danach wurde weitergetrunken bis um vier.

Als die letzten Gäste gegangen waren, fiel die Wirtin erschöpft auf einen Stuhl und seufzte laut auf.

Alice Sierpinska hatte sich schon nach dem Hauptgericht in eins der Gästezimmer im oberen Stockwerk zurückgezogen. Durant und Forge hatten ihre Köpfe einträchtig nebeneinander auf eine Tischplatte gebettet und schnarchten vor sich hin.

Pistoux und Carine gingen in ihr Zimmer nach oben.

Pistoux warf seinen Tornister aufs Bett und stöhnte.

«Was für eine Arbeit!»

«Aber hat es nicht Spaß gemacht?», fragte Carine und legte ihm die Arme um den Hals.

«Ja.»

Pistoux befreite sich sanft von ihr. «Ich muss mir unbedingt Notizen machen.»

Sie schmollte ein wenig.

Er griff nach dem Tornister.

«Wo ist mein Notizbuch?»

«Willst du nicht morgen …», schnurrte Carine, die sich jetzt wieder an ihn schmiegte.

«Ich weiß nicht … was ist denn das?»

«Der Tornister ist kaputt», stellte Carine fest und schmiegte sich stärker gegen ihn.

«Das Innenfutter ist aufgerissen. Und hier –» Pistoux zog etwas hervor.

«Was ist das?»

«Ein Brief.»

«O nein.»

Pistoux setzte sich aufs Bett und nahm den Brief aus dem Umschlag.

«Lauter Männernamen.»

«Die Liste», sagte Carine erstaunt. «Was nun. Wirst du sie Forge geben?»

«Was wissen wir über ihn und seine Motive?»

Carine zuckte mit den Schultern.

«Brave Männer, die sich einer Sache verschrieben haben …», murmelte Pistoux.

«Also, was?»

Er stand auf und trat zu der Kerze, die auf dem Tisch stand.

Brief und Umschlag brannten im Nu lichterloh, und wenige Augenblicke später waren nur noch dünne schwarze Flocken übrig, die zu staubiger Asche zerfielen.

«Nichts.»

DAS KOCHBUCH DES JACQUES PISTOUX

∿∶∿

« Fleisch ist das beste Gemüse. »

(Elsässisches Sprichwort)

Von Fieberanfällen geschüttelt, erinnert sich Jacques Pis-
toux an feine Speisen, die er zusammen mit seinem Freund
Auguste Escoffier in der Gefangenschaft in Wiesbaden den
internierten französischen Offizieren gekocht hatte:

∿ SEEZUNGE IN CHAMPAGNER ∿

Seezunge in einer gebutterten Form mit 300 ml
Champagner pochieren. Herausnehmen, warm halten.
Sud auf die Hälfte reduzieren, 100 ml Vélouté
(Gemüsefond) dazugeben und mit 40 g Butter
montieren. Die Seezunge mit der Soße überziehen,
glacieren und mit knusprig gebratenen
Seezungenfiletstreifen garnieren.

∿ GEBRATENE AMMERN ∿

Ammern in Weinblätter wickeln, auf ein mit Salzwasser
befeuchtetes Backblech setzen und bei sehr starker Hitze
im Ofen 4–5 Minuten braten. Werden ganz für sich allein
gegessen, da jede Beigabe das betörende Aroma der
Ammern stört.

∿ CANETON BRAISÉ À L'ORANGE ∿

Es handelt sich nicht um (gebratene) Canard à l'orange,
sondern um gedämpfte Ente: Eine Jungente wird in
200 ml braunem Fond und 400 ml von Escoffiers
spezieller Sauce espagnole so weich gedämpft, dass man
sie mit einem Löffel zerteilen kann. Dann die Soße
entfetten und passieren. So viel Orangensaft und etwas
Zitronensaft dazugeben, bis die Sauce wieder das gleiche
Volumen hat wie zu Anfang. Feine Streifen von der

Orange und Zitrone blanchieren und in die Soße geben. Die Ente glacieren, mit der Sauce umgießen und mit enthäuteten Orangenfilets garnieren.

Auf dem ärmlichen Hof des Bauern Florian bekommt der hungrige Wanderer nach einer albtraumreichen Nacht einen kärglichen Imbiss serviert:

◡ BROTSUPPE ◠

Vier Scheiben altbackenes Brot in Butter anrösten und mit 0,5 l Fleischbrühe aufgießen. 200 g Gemüse der Saison und 1 geschälte Kartoffel klein schneiden, dazugeben und garen. Die Suppe passieren und mit einem Eigelb binden.

Im Gasthof «Zum Goldenen Anker» bekommt Pistoux von Monsieur de Meurville die Spezialität des Hauses zum Abendessen spendiert, eine rustikale Fleischpastete im Schweinemagen gegart:

◡ SÄUMÄWE ◠

Einen Schweinemagen über Nacht in Salzwasser legen, dann gründlich spülen. 1 altbackenes Brötchen in etwas Milch einweichen und ausdrücken. 500 g gekochte Kartoffeln in Würfel schneiden. 2 Zwiebeln schälen und grob hacken. 250 g Schweinekamm und 250 g Bauchfleisch in kleine Würfel schneiden. Fleisch und Zwiebeln in Schweineschmalz anbraten, abkühlen lassen. 300 g Wurstbrät mit 2 Eiern und den anderen Zutaten

vermengen und in den Schweinemagen füllen. In einem
Topf mit Salzwasser mindestens 3 Stunden sieden lassen.

*Obwohl die Speisekammer des « Goldenen Anker » nicht
gerade üppig bestückt ist, gelingt Pistoux ein Menü, das
Monsieur de Meurville und seine Entourage zufrieden
stellt:*

◡: ROTE-BETE-SALAT :◡

500 g Rote Bete 1 Stunde in Salzwasser kochen.
Abkühlen, schälen und in Würfel oder Scheiben
schneiden. Mit 3 in feine Scheiben geschnittenen
Schalotten, 4 Esslöffel gehackter Petersilie und 50 g grob
gehackten Walnüssen mischen. Salzen und pfeffern und
den Salat mit 40 ml Weißweinessig, 60 ml Walnussöl und
40 ml Traubenkernöl anmachen.

◡: SALAT VON ROTKOHL :◡

Die großen Blätter eines Rotkohls von den weißen
Streben befreien und in feine Streifen schneiden.
5 Minuten blanchieren, abschrecken. Mit 20 ml einmal
aufgekochtem Rotweinessig übergießen und einige Zeit
ziehen lassen. Mit Salz, Pfeffer und einem feinen Öl
abschmecken.

◡: KARTOFFELN MIT ZWIEBELN UND SPECK :◡

Benötigt werden 1 kg Kartoffeln, 250 g Speck und 2 große
Zwiebeln, alles in feine Scheiben geschnitten. Eine
Kasserolle mit den Zutaten schichtweise füllen, dabei mit

dem Speck beginnen und mit den Kartoffeln abschließen. Jede Lage salzen und pfeffern. Mit 125 g Butterflöckchen belegen und im Ofen bei 250 Grad 1 Stunde backen.

⌣ GEFÜLLTER KARPFEN ⌣

Karpfen von etwa 1,5 kg Gewicht schuppen, ausnehmen und die Mittelgräte entfernen. 1 fein gehackte Knoblauchzehe und 3 fein gehackte Schalotten in 1 EL Butter andünsten, 100 g in kleine Würfel geschnittenen durchwachsenen Speck hinzufügen, kurz dünsten, salzen und pfeffern. Mit 1 Esslöffel gehackter Petersilie, 150 g Semmelbrösel und etwas Milch vermengen und ein Ei einarbeiten. Den Karpfen mit der Masse füllen und mit Küchengarn verschnüren. In einer Backform mit 100 ml Weißwein 45 Minuten backen. Dann den Fond mit 200 ml Sahne einkochen und die Soße über den Fisch gießen.

⌣ BLUTWURST IN BLÄTTERTEIG ⌣

3 Äpfel vierteln und in eine Pfanne mit 20 g Butter legen. Mit etwas Zucker bestreuen und 10 Minuten goldgelb braten. Herausnehmen und beiseite stellen.
2 große Zwiebeln schälen und fein hacken und in derselben Pfanne mit 20 g Butter goldbraun rösten. Mit 1 Messerspitze Thymianblüten bestreuen. Herausnehmen und beiseite stellen. Blutwürste 5 Minuten in siedendem Wasser pochieren, dann die Haut abziehen. 400 g Blätterteig 5 mm dick ausrollen und in acht Rechtecke schneiden. Auf je 4 Rechtecke zuerst die Äpfel, dann die Blutwurst, dann die Zwiebeln legen und mit einem weiteren Teigrechteck verschließen. Teig mit verquirltem Ei bestreichen. Bei 180 Grad 20 Minuten backen.

⌁ BABA AU RHUM ⌁

125 g Rosinen in 200 g Rum einweichen. Aus 250 g Mehl,
15 g Hefe, 3 Eiern, 30 g Zucker, 1 Prise Salz, 100 g
warmer Butter und den Rosinen einen Hefeteig kneten.
30 Minuten gehen lassen. In portionsgerechten
Napfkuchenformen bei 200 Grad im Backofen 20
Minuten backen. 500 g Zucker und 1 Liter Wasser mit
dem Mark einer Vanilleschote und den Schalen von
1 Zitrone und 1 Orange aufkochen, vom Herd nehmen
und mit dem Rum vermischen. Die fertigen Babas mit
dem Rumsirup tränken. Mit Schlagsahne und Früchten
servieren.

*« Den Elsässern ist das Sauerkraut ein Heiligtum. Das
Sauerkraut schweißt sie zusammen, lieber Jacques »,* erklärt
*Hans seinem neugierigen Gefährten auf dem Kutschbock,
als sie rechtzeitig zum Sauerkrautfest in Holtberg
ankommen:*

⌁ SAUERKRAUT ⌁

Auf elsässische Art wird das Sauerkraut traditionell auf
diese Weise zubereitet: Boden eines gusseisernen Topfes
mit Speckschwarte auslegen. Von 1 kg Sauerkraut die
Hälfte darauf verteilen, 1 klein geschnittene Möhre und
1 gehackte Zwiebel darauf geben und ½ Teelöffel
Pfefferkörner darauf verteilen. ½ Teelöffel Kümmel mit
1 Knoblauchzehe, 2 Gewürznelken, 6 Wacholderbeeren,
1 Lorbeerblatt und 1 Zweig Thymian in ein Mullsäckchen
binden und dazugeben. 1 Eisbein, 1 Scheibe Bauchspeck
auf das Gemüse legen und mit der zweiten Hälfte

Sauerkraut bedecken. ½ Flasche Riesling und 250 ml Wasser angießen. Topf verschließen und im Backofen bei 180 Grad 2 Stunden schmoren. Dann 2 Räucher- oder Kochwürste und 300 g Kassler dazugeben und 30 Minuten mitgaren. Dann 2 Knackwürste dazulegen und 15 Minuten heiß werden lassen. Auf einer Platte anrichten und mit Salzkartoffeln oder kräftigem Landbrot servieren.

Dank Madame de Lambrusses emsiger Zofe Carine müssen die Reisenden auch unterwegs nicht auf ein Picknick mit deftigen elsässischen Spezialitäten verzichten:

⌁ TARTE FLAMBÉE ⌁

Einen Brotteig aus 300 g Mehl, 60 ml Wasser, 90 ml Milch, 15 g Trockenhefe und 1 Teelöffel Salz kneten und gehen lassen. 100 g Zwiebeln in einer Pfanne goldgelb sautieren. 250 g Crème double mit Salz, Pfeffer und Muskat abschmecken und mit den Zwiebeln vermischen. 100 g durchwachsenen Speck in Stifte schneiden. Teig auf einem Blech ausrollen, Zwiebelmasse darauf verteilen. Speckstifte darüber streuen und bei 230 Grad 20 Minuten backen.

⌁ KARPFEN IN GELEE ⌁

500 g Filets vom Karpfen in Streifen schneiden. 750 ml Fischfond zum Kochen bringen, darin die Karpfenstreifen 4 Minuten garen, herausnehmen und beiseite stellen. 2 Eiweiß mit 100 ml Riesling vermischen und zum Fond geben, aufkochen, abseihen, 15 Minuten

ruhen lassen, abseihen, salzen, pfeffern. Karpfenstreifen in vier Förmchen schichten, mit dem Fond übergießen und mit Dill bestreuen, eine Nacht an einem kühlen Ort ruhen lassen. Zum Servieren auf flache Teller stürzen.

⌁ PRESSKOPF ⌁

1 Liter Weißwein und ½ Liter Wasser mit 1 Zwiebel und 1 Knoblauchzehe, 500 g Knollensellerie, 1 Esslöffel zerstoßenen Pfefferkörnern, 1 Lorbeerblatt und 1 Thymianzweig aufkochen und darin ½ gepökelten Schweinskopf mit Zunge 3 Stunden köcheln. Fleisch herausnehmen, entbeinen und 8 Stunden an einem kühlen Ort ruhen lassen. Fleisch in Würfel schneiden. Brühe entfetten. Die Hälfte der Brühe aufkochen und mit Gelatine (40 g pro Liter) vermischen. Zur restlichen kalten Brühe geben. Mit den Fleischwürfeln und 1 fein gehackten Zwiebel und fein gehackter Petersilie vermischen, in eine Terrinenform füllen und mindestens eine Nacht ruhen lassen. Danach in Scheiben schneiden und gekühlt servieren.

⌁ BAECKEOFFE ⌁

750 g Schweineschulter, 750 g Lammschulter, 750 g Rinderbrust klein schneiden und mit je 300 g in Scheiben geschnittenen Zwiebeln und Karotten vermischen. Mit 2 zerdrückten Knoblauchzehen, Blättern von 1 Thymianzweig, 1 Lorbeerblatt, 1 Bund Petersilie, 2 Gewürznelken, 10 Pfefferkörnern und Salz in eine Schüssel geben, mit 1 Flasche Weißwein übergießen und 12 Stunden marinieren. Zusammen mit 1,5 kg in Scheiben geschnittenen Kartoffeln in eine Terrine schichten (letzte

Schicht müssen Kartoffeln sein) und gut verschlossen im Ofen bei 180 Grad 3 Stunden garen.

⌇ KOUGELHOPF ⌇

75 g Rosinen mit 2 Esslöffeln Kirschwasser beträufeln, ziehen lassen. Aus 250 g Mehl, 15 g Trockenhefe, 60 g Zucker, 60 ml Wasser, 6 Esslöffel Milch, 2 Eiern und 125 g warmer Butter, 4 Prisen Salz einen Teig kneten und die Rosinen einarbeiten. Eine Gugelhupf-Form mit Butter fetten und mit Mehl bestäuben und Mandelblättchen hineinstreuen. Teig einfüllen und 1 Stunde gehen lassen. Bei 180 Grad 40 Minuten backen, stürzen und mit Puderzucker bestreuen.

« Lassen Sie uns erst einmal einen Blick in die Schüsseln werfen », sagte Antoine Wipfel mit gierigem Blick, als die durchnässte und verfrorene Reisegesellschaft nach dem Unfall unverhofft auf eine üppig gedeckte Tafel in der Burg Rottenstein stößt:

⌇ MATELOTE ⌇

2 kg Flussfische (Aal, Hecht, Barsch, Forelle etc.) schuppen, ausnehmen, Gräten und Köpfe entfernen, in 4 cm dicke Stücke schneiden. Gräten und Köpfe zusammen mit 1 Bouquet garni (1 Thymianzweig, 1 Lorbeerblatt, 6 Petersilienzweige, 2 Estragonzweige) sowie 2 Karotten, 2 Porreestangen, 2 Zwiebeln (alles in Scheiben geschnitten) in einen Topf geben und mit ½ Liter Weißwein und ½ Liter Wasser zum Kochen bringen. Mit 4 Prisen Muskat sowie Salz und Pfeffer

würzen, 20 Minuten köcheln lassen. Abseihen und in dem wieder erhitzten Fond die Fischstücke gar ziehen lassen. Stücke herausnehmen, Fond um die Hälfte reduzieren und mit einer Mischung aus 3 Eigelb und 200 ml Sahne legieren. Alles zusammen in einer Terrine servieren.

⌁ GÄNSELEBERPASTETE ⌁

600 g rohe Gänsestopfleber parieren. 20 g pochierte Trüffel in feine Streifen schneiden. Die Leber mit 2 cl Cognac, 4 cl Portwein, 4 cl Sauternes und 2 cl trockenem Sherry sowie 1 Esslöffel Trüffelsaft, 1 TL Zucker, 1 g gemahlenem Pfeffer und 6 g Salz eine Nacht lang marinieren. Danach die Leber zusammen mit den Trüffelstreifen in eine Terrinenform legen. In einem Wasserbad im Backofen bei 100 Grad 75 Minuten garen. Abkühlen lassen, eine Nacht bei Zimmertemperatur ruhen lassen und mit zerlassenem Gänseschmalz bedecken. Zwei bis drei Wochen haltbar.

⌁ REBHÜHNER MIT SCHALOTTEN ⌁

4 Rebhühner, salzen, pfeffern, zusammenbinden und mit 75 g zerlassener Butter bestreichen. In einen Bräter geben und 16 ungeschälte Schalotten dazugeben. 10 Minuten bei 240 Grad braten, Ofen ausschalten und die Rebhühner weitere 10 Minuten garen. Herausnehmen, warm halten. Schalotten schälen. Geflügelfond einkochen und mit 50 g Butter montieren. Rebhühner mit Schalotten umlegen und mit der Sauce separat servieren.

↳ SPÄTZLE AU BEURRE NOISETTE ↲

500 g durchgesiebtes Mehl mit 4–5 Eiern, 2 Esslöffeln
Crème fraîche und einem Teelöffel Salz gründlich
vermischen und zu einem glatten Teig verarbeiten. Mit
Pfeffer und Muskat würzen. In einem großen Topf
reichlich gesalzenes Wasser zum Kochen bringen. Den
Teig auf ein Brett streichen und mit einem Schaber in das
kochende Wasser schaben. Wenn die Spätzle vom
Topfboden an die Oberfläche steigen, abgießen,
abtropfen lassen und in heißer geschmolzener Butter
geschwenkt servieren.

↳ GÂTEAU AU CHOCOLAT ↲

250 g Zartbitterschokolade im Wasserbad schmelzen,
125 g Butter hinzufügen, glatt rühren, etwas abkühlen
lassen. 125 g Zucker mit 3 Eigelb schaumig schlagen.
Schokoladenmischung unterrühren. 4 Eiweiß schlagen
und unterheben. In eine gebutterte Kuchenform füllen
und bei 180 Grad 35 Minuten backen. 10 Minuten kühlen,
aus der Form nehmen, dann mit Puderzucker bestäuben.

*Beim Tête-à-tête im Bett erzählt Carine ihrem Liebhaber
von einem Menü, das sie zubereitete, und mit dem
Monsieur de Meurville in Berlin gern den preußischen
Kanzler Bismarck beeindruckt hätte:*

180

ᴍᴜɴꜱᴛᴇʀ-ᴘᴀꜱᴛᴇᴛᴇ ⤳

4 mittelgroße Kartoffeln gar kochen, schälen und in
Scheiben schneiden. 2 Lauchstangen in Scheiben
schneiden und in Butter andünsten. 600 g Blätterteig
ausrollen, teilen. Die eine Hälfte auf ein Backblech legen.
Die Hälfte der Kartoffeln und des Lauchs darauf geben.
Mit 1 Teelöffel Kümmel bestreuen und 1 entrindeten
Munster-Käse darauf geben. Mit der zweiten
Blätterteighälfte bedecken. Teigoberfläche mit
1 verquirlten Ei bestreichen und die Pastete 25 Minuten
bei 210 Grad im Ofen backen. Sofort servieren.

ǫᴜɪᴄʜᴇ ᴀᴜ ᴄʜᴏᴜᴄʀᴏûᴛᴇ ⤳

Mürbeteig aus 125 g Mehl, 60 g weicher Butter, etwas Salz
und 1 Esslöffel Wasser herstellen und 2 Stunden kühl
ruhen lassen. Eine gebutterte Porzellanform damit
auskleiden, erneut kühl ruhen lassen. In der Zwischenzeit
1 Esslöffel Schweineschmalz erhitzen und 1 fein gehackte
Zwiebel andünsten. 300 g Sauerkraut hinzufügen. Eine
zerdrückte Knoblauchzehe, 1 Esslöffel Wacholderbeeren,
1 Teelöffel Pfefferkörner, 2 Nelken und 1 Lorbeerblatt in
ein Stoffsäckchen füllen und außerdem 1 geviertelten
Apfel hinzufügen. ½ Stunde köcheln lassen. 100 g klein
gewürfelten Speck anbraten. Speck auf dem
Quicheboden verteilen, das abgetropfte und ausgedrückte
Sauerkraut darübergeben. 1 Eigelb mit 100 g Crème
double verschlagen, mit Pfeffer und Salz würzen und über
das Sauerkraut gießen. Bei 180 Grad ½ Stunde im Ofen
backen.

৵ ℱOIE GRAS EN TERRINE ৲

600 g Gänse- oder Entenleber von allen Sehnen, Häuten,
Blutgefäßen befreien, dabei die beiden Leberlappen
auseinander brechen. Mit Pfeffer und Salz würzen und
mit 100 ml Cognac beträufeln und 12 Stunden im
Kühlschrank ziehen lassen, ab und zu wenden. Danach in
eine passende Porzellanform legen. Mit Deckel
verschließen und in einem leicht simmernden Wasserbad
40 Minuten garen. Abtropfen lassen, alles Fett auffangen.
Leberstücke in eine kleine Terrinenform legen und unter
Druck von 500 g 1 Stunde stehen lassen. Das Fett darüber
gießen. 2–3 Tage kühlen lassen. Wird gern mit
Geleewürfeln, die mit Madeira gewürzt wurden, serviert.

৵ ℊRUMBEERKIECHLE ৲

1 kg grob geriebene rohe Kartoffeln und 1 grob geriebene
Zwiebel mit 1 zerdrückten Knoblauchzehe, 1 Esslöffel
gehackter Petersilie, 1 Esslöffel Schnittlauchröllchen,
2 Eiern und 1 Esslöffel Mehl verrühren und mit Salz und
Pfeffer abschmecken. In einer Pfanne bei niedriger
Temperatur auf beiden Seiten goldbraun backen.

৵ ℱORELLE IN ℛIESLING ৲

4 Forellen von je 200 g schuppen und ausnehmen,
pfeffern und salzen. Eine Backform gut buttern und 4 fein
gehackte Schalotten hineingeben. Fische darauflegen und
mit 150 ml Riesling begießen. Form zudecken und bei 200
Grad 20 Minuten backen. Fische herausnehmen und
Haut abziehen, warm halten. Garflüssigkeit in einen Topf
seihen, einkochen, 100 ml Sahne hinzufügen, sämig

kochen, mit 75 g kalter Butter montieren. Die Fische mit der Sauce überziehen und servieren.

⌁ FLEISCHSCHNACKA ⌁

Aus 1 kg Mehl, 12 Eiern und etwas Salz einen Nudelteig herstellen. 1,5 kg Ochsenschwanzstücke anbraten. 5 Karotten und 1 Stange Sellerie würfeln und dazugeben. 3 Liter Rotwein dazugießen und 4-5 Stunden bei 150 Grad schmoren. Fleisch herausnehmen und von den Knochen lösen. Die Sauce auf ein Viertel reduzieren. 5 weitere Karotten sowie 2 Zwiebeln, 2 Stangen Lauch, 2 Sellerieknollen im Fond weich kochen. 1 Bund fein gehackte Petersilie, fein gehackten Kerbel, 6 fein gehackte Knoblauchzehen und 2 Esslöffel Tomatenmark und das Fleisch dazugeben und 5 Minuten garen. Teig ausrollen, die Fleischmasse aus dem Fond heben, darauf verteilen und den Teig wie in einen Strudel zusammenrollen. In Frischhaltefolie einwickeln und 20 Minuten in kochendem Wasser pochieren. In Scheiben schneiden und mit der Sauce überziehen.

⌁ ENTE MIT KRÄUTERN ⌁

1 Ente von etwa 2 kg zerteilen, salzen und pfeffern. 10 Minuten in 25 g Schweineschmalz braten, mit Mehl bestäuben und nach 1 weiterer Minute mit 200 ml Weißwein begießen. 150 g Sauerampfer, 150 g Spinat, 150 g Lauch, 1 Salatherz, 3 Stangen Sellerie klein schneiden und zusammen mit Blättern von 4 Zweigen Petersilie, 3 Zweigen Estragon, 3 Zweigen Kerbel, 2 Zweigen Minze hinzufügen. Abgedeckt 1 Stunde garen. Dann 6 Esslöffel Sahne einrühren, Kräutersoße

einkochen lassen. Ententeile auf tiefer Platte anrichten und mit Sauce umgeben.

⌇ KNEPFLE ⌇

375 g Mehl in eine Schüssel geben. 2 Eier mit je einer Messerspitze Salz und Muskat verschlagen und mit dem Mehl vermischen. 30 ml Milch in den Teig einarbeiten und 2 Stunden ruhen lassen. 2 Liter gesalzenes Wasser zum Kochen bringen. Mit Hilfe von zwei kleinen Löffeln Kugeln formen und ins Wasser gleiten lassen. 10 Minuten ziehen lassen, dann herausnehmen und abtropfen lassen.

⌇ KIRSCH-SOUFFLÉ ⌇

Eine Souffléform buttern und mit Zucker ausstreuen. 2 Esslöffel Zucker mit 1 Esslöffel Speisestärke und 5 Esslöffel Milch verschlagen. Zum Kochen bringen, vom Feuer ziehen und 20 g Butter, 3 Esslöffel Kirschwasser und 2 Eigelb unterrühren. Eiweiß mit 1 Teelöffel Zucker steif schlagen, unterheben. Masse in die Souffléform gießen und bei 200 Grad 25 Minuten backen.

⌇ BIENENSTICH ⌇

Einen Hefeteig aus 250 g Mehl, 100 g weicher Butter, 1 Ei, 6 Esslöffel warmer Milch, 15 g Trockenhefe, 2 Esslöffel Zucker und 3 Prisen Salz verkneten und 2 Stunden gehen lassen. Den Teig wieder zusammendrücken und eine Porzellankuchenform damit auskleiden. Für den Belag 70 g Butter und 1 Esslöffel Honig in einem Topf erhitzen und verrühren. 80 g Zucker und 100 g Mandelblättchen unterrühren. Diese Masse über den Teig streichen.

Kuchen bei 200 Grad 25 Minuten backen. Für die Füllung eine Creme zubereiten: ½ Liter Milch zum Kochen bringen. 100 g Zucker und 3 Eigelb schaumig schlagen und 50 g Mehl einrühren. Die Milch unterrühren. Bei mittlerer Hitze schlagen, bis die Creme eindickt. 1 Esslöffel Kirschwasser unterrühren. Fertigen Kuchen waagerecht durchschneiden und mit der Creme füllen.

In der Küche von Burg Rottenstein finden die verängstigten Opfer der unsichtbaren Verschwörer genügend Zutaten, um ein bescheidenes Mittagsmahl zu kochen:

⤙ KÜRBISSUPPE ⤚

25 g Butter in einem Topf zerlassen und darin 4 in dünne Ringe geschnittene Lauchstangen sautieren. 750 g geschälten und gewürfelten Kürbis, 750 ml Hühnerbrühe hinzufügen, salzen, pfeffern, 30 Minuten simmern lassen. Suppe pürieren und 250 ml Milch einrühren.

⤙ POULET AU RIESLING ⤚

Ein Huhn von etwa 1,5 kg in einem Schmortopf in 60 g Butter anbraten. 2 in Scheiben geschnittene Zwiebeln, 1 in Scheiben geschnittene Karotte und 2 gehackte Knoblauchzehen sowie 1 Bouquet garni (Lorbeerblatt, Thymianzweig, Petersilie) hinzufügen. ½ Liter Riesling angießen und das Huhn bei schwacher Hitze 50 Minuten köcheln lassen. In der Zwischenzeit 250 g Champignons in 30 g Butter 3–4 Minuten sautieren. Kochflüssigkeit abgießen. 2 Eigelb und 200 ml Sahne verquirlen und in

die Kochflüssigkeit rühren. Champignons dazugeben.
Sauce sämig kochen. Sauce und Champignons über das
Huhn geben und servieren.

⤳ ELSÄSSISCHER APFELKUCHEN ⤳

Eine Kuchenform buttern und mit 300 g süßem
Mürbeteig auskleiden. 500 g Äpfel in Spalten schneiden
und rosettenförmig auf dem Teig anordnen. 15 Minuten
backen. Währenddessen 4 Eigelb, 100 g Zucker,
1 Teelöffel Vanillezucker und 4 Prisen Zimt verschlagen
und 200 ml Sahne unterrühren. Mischung über die Äpfel
geben und 35 Minuten weiterbacken. Schmeckt warm am
besten.

*Die Speisekammer der « L'Auberge Zum Storch » ist bis zum
Bersten gefüllt. Endlich kann der Meisterkoch wieder aus
dem Vollen schöpfen. «Pistoux krempelte sich die Ärmel
hoch. Dann begann er, die Messer zu schärfen»:*

⤳ HÜHNERBRÜHE ⤳

Ein Suppenhuhn von etwa 2 kg zerteilen und in 2 Liter
kaltem Wasser zum Kochen bringen. Schaum
abschöpfen. Suppengrün, 1 Thymianzweig,
1 Lorbeerblatt, ½ Teelöffel Meersalz und 12 schwarze
Pfefferkörner hinzufügen. 2 Stunden köcheln, abseihen,
fertig. Dient auch als Basis für zahlreiche Soßen.

✑ KREBSE IN RIESLING ✑

36 Flusskrebse auslösen. In einem Schmortopf 50 g Butter
zerlassen und darin 3 fein gehackte Schalotten sautieren.
Krebse hineingeben und 5 Minuten garen. Salzen,
pfeffern, 200 ml Riesling angießen, 5 Minuten gar ziehen
lassen. Krebse herausnehmen und warm halten. Sauce
einkochen, 200 ml Sahne einrühren, eindicken, mit
Cayennepfeffer würzen, über die Krebse geben und mit
gehacktem Estragon dekorieren.

✑ FRITTIERTER KARPFEN ✑

Karpfen in 2 cm dicke Scheiben schneiden. 2 Eier mit Salz
und Pfeffer in einer Schüssel verschlagen.
Karpfenscheiben abtrocknen, in Eiermasse und dann in
Mehl wenden und anschließend in einer Pfanne mit viel
heißem Fett goldbraun braten.

✑ SURI RUAWA ✑

500 g gepökelter Speck und 800 g geräucherter
Schweinenacken mit Wasser bedecken und 1 Stunde
köcheln lassen. 1,8 kg wie Sauerkraut eingemachte weiße
Rübchen abspülen und trocken tupfen. In einem
Schmortopf 200 g fein gehackte Zwiebeln in 150 g
Gänseschmalz andünsten. Rübchen hinzufügen, 250 ml
Weißwein angießen und mit 1 Lorbeerblatt, 1 Teelöffel
gemahlenem Kümmel, 10 Wacholderbeeren sowie Salz
und Pfeffer würzen und 30 Minuten zugedeckt im
Backofen schmoren. Fleisch dazugeben, abdecken und
1 Stunde schmoren. Fleisch herausnehmen und Rübchen
mit ½ fein gehackten Knoblauchzehe vermischen.

Rübchen auf einer Platte anrichten, Fleisch in Scheiben schneiden und darauflegen.

⌇ SCHWEINEFLEISCH IM BIERSUD ⌇

1 kg Schweineschulter salzen und pfeffern und in einem Schmortopf mit 25 g Butter anbraten. Fleisch herausnehmen. 750 g in Scheiben geschnittene Zwiebeln in den Topf geben und sautieren. ½ Teelöffel Zucker und 50 g Semmelbrösel unterrühren. Fleisch auf das Zwiebelbett legen, ½ Liter Bier dazugießen und zum Kochen bringen. 1 ¾ Stunden schmoren. Danach Fleisch herausnehmen und mit Zwiebeln umlegen. Schmorflüssigkeit einkochen und übergießen.

⌇ HASENBRATEN MIT ROTKOHL UND RENETTEN ⌇

1 kleinen Rotkohl in Streifen schneiden und mit 4 Esslöffel Rotweinessig, 1 Esslöffel Zucker und 4 Prisen Salz vermischen und durchziehen lassen. 2 Esslöffel Gänseschmalz in einem Schmortopf zerlassen und 2 fein gehackte Zwiebeln darin andünsten. Den Kohl dazugeben und mit 200 ml Wasser begießen. 1 Stunde bei 200 Grad im Ofen garen. Kurz vor Ende der Kochzeit 4 Äpfel schälen, vierteln und die Viertel auf den Kohl setzen. 15 Minuten garen. Kohl herausnehmen und warm stellen. Ofentemperatur auf 250 Grad erhöhen. Einen zerteilten Wildhasen salzen und pfeffern und in einen geölten Bräter geben. 15 Minuten braten. Fleisch herausnehmen und warm halten. Bräter auf kleiner Flamme erhitzen und 250 g klein gewürfelten Sellerie und 1 gewürfelte Möhre sowie 2 gehackte Zwiebeln dazugeben.

Sautieren, dann 4 ganze Knoblauchzehen dazugeben sowie 1 Thymianzweig, 4 Wacholderbeeren und 1 Esslöffel Pfefferkörner. Mit 200 ml Portwein und 200 ml Rotwein ablöschen und stark reduzieren. Passieren und mit Butter montieren. Hasenteile mit der Sauce überziehen, Rotkohl und Äpfel miteinander vermischen und dazu servieren.

⌇ QUITTENSTRUDEL MIT HAGEBUTTENSOSSE ⌇

250 g Hagebuttenmark mit ¼ Liter Wasser, 1 Esslöffel Zitronensaft und 125 g Zucker 10 Minuten kochen und dann abkühlen lassen. 500 g geschälte und in Scheiben geschnittene Quitten in einem Sirup aus ½ Liter Wasser und 250 g Zucker 20 Minuten köcheln lassen und dann beiseite stellen. Für die Mandelcreme 6 Eier, 250 g Zucker, 30 g Mehl, 300 g weiche Butter und 300 g gemahlene Mandeln mit 75 g Konditorcreme vermengen. Einen Strudelteig aus 250 g Mehl, 1 Eigelb, je 1 Esslöffel Öl und Wasser sowie 1 Prise Salz kneten, ruhen lassen.
Dann den Teig ausrollen, mit der Mandelcreme bestreichen mit den Quittenscheiben belegen. Zu einem Strudel aufrollen, mit zerlassener Butter bestreichen und im Backofen bei 200 Grad backen. In Scheiben schneiden und mit jeweils einem Löffel Hagebuttensoße anrichten.

« Keine Küche, wo nicht die Hausfrau emsig schafft, kein Herd, auf welchem nicht die Fleischsuppe brodelt, keine Röhre, in der nicht ein Fleisch gart.»
(Jean Egen über das Elsass)

Über die Autorin : Virginia Doyle, Mitte 30, ist das Pseudonym einer mehrfach ausgezeichneten Krimiautorin. Sie lebt nach einer Lehrzeit in einem Hotel an der Côte d'Azur und einer Ausbildung zur Sommelière in einem Londoner Restaurant mittlerweile in Maidstone (Grafschaft Kent), wo sie sich ganz dem Schreiben und der Corgi-Zucht hingibt.

«Die Burg der Geier» ist ihr fünfter Roman um den Meisterkoch und Amateurdetektiv Jacques Pistoux.

Virginia Doyle ist das Pseudonym einer mehrfach ausgezeichneten Krimiautorin. Im Rowohlt Taschenbuch Verlag sind folgende Titel lieferbar:

Die schwarze Nonne
(43321)
Wir schreiben das Jahr 1876: Jacques Pistoux, französischer Meisterkoch und Amateurdetektiv, löst seinen ersten Fall auf dem Gut des Lords von Kent, bei dem er eine Stelle als Leibkoch angenommen hat.

Kreuzfahrt ohne Wiederkehr
(43352)
Nach seinem Abenteuer bei dem Lord von Kent beschließt Jacques Pistoux, dem britischen Inselleben den Rücken zu kehren und mit einer amerikanischen Reisegesellschaft eine Kreuzfahrt auf dem Mittelmeer zu wagen. Doch auch hier zieht der Meisterkoch das Verbrechen an wie der Honig die Fliegen.

Das Blut des Sizilianers
(43356)
Nach seinem Kreuzfahrtabenteuer hat es Jacques Pistoux nach Sizilien verschlagen, wo er ganz unfreiwillig zum ersten Undercover-Agenten der italienischen Justiz wird, die ihn als Küchenjungen auf dem Landsitz eines Mafia-Paten einsetzt ...
Nach literarischen Anlehnungen an Sherlock Holmes und Wilkie Collins orientiert sich Virginia Doyles dritter Roman an Abenteuergeschichten im Stil eines Joseph Conrad.

Tod im Einspänner
(43368)
Im Jahr 1879 verlassen der junge Meisterkoch und seine adelige Geliebte Charlotte Sophie Sizilien und erreichen nach einer abenteuerlichen Odyssee Wien. Auch dieser Band enthält wieder zahlreiche Rezepte der österreichischen Küche für Gourmets und Gourmands.

Die Burg der Geier *Ein historischer Kriminalroman*
(22809)
Jacques Pistoux befindet sich auf dem Weg nach Frankreich. In Heidelberg engagiert ihn ein adeliger Landsmann ... Und wieder begibt sich der junge Meisterkoch in ein schmackhaftes Abenteuer.
«Ein wahrhaft appetitliches Lesevergnügen.» *Norbert Klugmann*